役立たずと呼ばれた
陰の英雄ののんびり
異世界旅
～素材集めと道具作りでスローライフを満喫していたら、
いつの間にか万能生産職になっていました～
万野みずき
Illust. 赤井てら

こうして人類の悲願であった
魔王討伐が叶い、
世界に平和が訪れた。
賢者
ビエラ
・ラギット
聖騎士
ラッセル
・グランジ
聖女
ガーゼ
・ガーリッシュ

道具師
フェルト・モード
「この五人で旅ができて、本当によかった」
そう、このパーティーの旅はこれで終わり。俺たちは魔王討伐を志した者同士で手を組み、ついにその目標を達成することができたのだから。
勇者
ブロード・レイヤード

CONTENTS

YAKUTATAZU TO YOBARETA
KAGE NO EIYU NO
NONBIRI ISEKAITABI

役立たずと呼ばれた陰の英雄ののんびり異世界旅

～素材集めと道具作りでスローライフを満喫していたら、
いつの間にか万能生産職になっていました～

万野みずき
Illust.
赤井てら

第一章　旅の終わり

「我の野望も、ここまでか……」

漆黒の衣装を身にまとった男が、俺たちの目の前で苦しそうに膝をついている。

男は二十代ほどの青年に見えるが、頭部からは赤黒い角が生えており、全身からは目に映るくらい強力な邪気が迸《ほとばし》っている。

その姿からもわかる通り、男は人間ではなく異形の怪物――〝魔族〟だ。

しかもただの魔族ではない。種族を束ねて軍を構成し、人々から生存圏を奪い続けてきた〝魔王〟と呼ばれる恐ろしい存在である。

しかしそんな魔王は今、全身を傷だらけにしながら跪《ひざまず》き、ひとりの青年に剣の切っ先を向けられていた。

「魔王ステイン。これまで多くの人々を手にかけて、恐怖や苦しみを与えてきた罪、死をもって償ってもらうぞ」

その青年は銀色の前髪の隙間から、宝石のように輝く碧眼《へきがん》を覗《のぞ》かせて、瞳に正義感の炎を囂々《ごうごう》と宿している。

彼の名前はブロード・レイヤード。

神から【勇者】の天職を授かった、魔王を倒す使命を背負った選ばれし人間である。

人は生誕より五年の歳月が経過すると、『祝福の儀式』にて神から天職を授かることができる。

天職を授かった人間はスキルや魔法といった超常的な力を行使できるようになり、それが魔族に対抗する最善の手段として用いられている。

その人がどのような天職を授かるかは、文字通り神のみぞ知ることであり、人格や適性など様々な要素から天職が選出されていると言い伝えられている。

そしてブロードは天職の中で最も戦闘能力に長け、かつ世界にひとりだけしか存在しないとされる勇者の天職を授かり、その名に恥じぬ功績を上げ続けて、ついに四人の仲間たちと共に魔王を追い詰めるまでに至った。

勝利が目前に迫ったその時、魔王ステインは悔しげな顔を上げて勇者ブロードに問いかける。

「若き勇者よ。最期にひとつ聞く」

「……なんだ？」

「貴様らの持つ剣や鎧《よろい》、傷薬や解毒薬などは、いったい誰が手掛けたものだ？」

ブロードはそのような質問をされると思っていなかったのか、意外そうに目を丸くする。

同じくブロードを見守っている他の仲間たちも、怪訝《けげん》な表情をして顔を見合わせていた。

「これほど上等な装備を打てる名匠や、万能薬を量産できる薬師は聞いたことがない。よもや人類の持つ技術は、魔族の想定を遥かに超える進歩を遂げたというのか？」

これはおそらく、負けたことに対する疑問を晴らそうというものではない。

魔族の長として、これから残される魔族たちの行く末を案じたゆえの問いかけだろう。

ブロードもそれがわかったのか、あるいは魔王に少なからずの情けをかけたのか、偽りのない答えを返した。

「誰もなにも、すべてそこにいる仲間のフェルトが手掛けたものだよ。彼は【道具師】だからね」

「道具師……？　ありふれた生産職の道具師が、これらを手掛けたというのか……？」

他の三人の仲間たちよりも、さらに後ろの方に控えている俺に、目を見張った魔王は視線を向けてくる。

よもやこれらの装備や道具を揃《そろ》えたのが、道具師の俺だとは微塵《みじん》も思っていなかったのだろう。

けれどそれは事実だ。

勇者ブロード・レイヤード、賢者ビエラ・ラギット、聖騎士ラッセル・グランジ、聖女ガーゼ・ガーリッシュ。彼らの装備を手掛けて、様々な道具でサポートしていたのは俺——道具師フェルト・モードである。

魔王ステインは顔に驚愕《きょうがく》の思いを残したまま、諦《あきら》めたように顔を俯《うつむ》かせる。

そして勇者ブロードが剣を振り上げる中、魔王は最期に誰にも聞こえないくらい小さな呟《つぶや》きをこぼした気がした。

「最も警戒すべき相手を、我々は見誤っていたのかもしれん……」

勇者ブロードは剣を振り下ろし、魔族の頂点に立つ魔王ステインの首を撥《は》ねたのだった。

こうして人類の悲願であった魔王討伐が叶《かな》い、世界に平和が訪れた。

いまだ魔族は世界に多く存在するが、魔王から力を供給されていた奴《やつ》らの勢いは確実に衰えることになるだろう。

それを成し遂げた英雄として、勇者の天職を授かったブロードが率いるこの勇者パーティーは、人々から多大な称賛を送られることになるはずだ。

冒険者たちに魔王討伐の使命を授けたトップス王国のジャカード国王からも、相応の褒美をもらえるのが確定している。

それらの喜びを噛《か》みしめるように、魔王城からの帰路を歩く中、勇者ブロードがしみじみと呟いた。

「この五人で旅ができて、本当によかった」

あまりにも唐突な台詞《せりふ》に、全員が怪訝な顔でブロードを見る。

その中のひとり——紫色の長髪と眼鏡、抜群のスタイルが特徴的な、賢者ビエラがブロードから。


に問いかけた。

「突然どうしたのよ？　気恥ずかしいこと言って」

「これで僕たちの旅も終わりだからね。言いたいことは言っておいた方がいいと思って」

　そう、このパーティーの旅はこれで終わり。

　俺たちは魔王討伐を志した者同士で手を組み、ついにその目標を達成することができたのだから。

　そして間近に迫った別れを思ってか、ブロードは皆に言いたかったことを今のうちに伝えてしまおうと考えたらしい。

「賢者ビエラ。多彩な魔法の数々と卓越した知恵と戦略でパーティーを助けてくれて、本当にありがとう」

「魔王討伐のためだもの。礼には及ばないわ」

　ビエラは称賛の言葉を真っ直ぐに告げられても、紫の長髪を手でかき上げ、相変わらずクールな態度を示した。

　しかし実際は、褒めてもらったのが少し嬉《うれ》しかったのか、密かに頬を緩めている。

　素直じゃないところはビエラらしい。

　続いてブロードは緑髪の巨漢に視線を移す。

「聖騎士ラッセル。強靭《きょうじん》な肉体と誰よりも大きなその体で仲間を守ってくれて、本当にありがとう」

「……ん」

聖騎士ラッセルはその大きな体に見合わず、小さな声と共に軽く頷《うなず》いた。

ラッセルは体が大きく細目の強面で、よく周囲の人間たちから恐れられている。

しかし実際はこの五人の仲間の中で一番物静かで口数が少なく、誰よりも優しい心の持ち主だ。

次いでブロードは、水色ショートボブの気だるげな様子の少女に告げる。

「聖女ガーゼ。君は……」

「どういたしまして」

「まだなにも言ってないんだけど」

ブロードは呆《あき》れた笑みを浮かべる。

ガーゼは面倒くさがり屋でテキトーな性格をしている無気力少女だ。

こういう改まった場面でもマイペースを貫き、それがかえってパーティーを和やかなムードにしてくれたことが多々ある。

狙ってやっているのか、はたまた天然なのかはいまだ定かではない。

ブロードは改めてガーゼに対してお礼の言葉を告げると……。

「そして、道具師フェルト」

最後に俺の方を向いて、見慣れた笑みを浮かべた。

「手掛けた規格外の道具だけじゃなく、荷物持ちや皆の身の回りの世話もしてパーティーを支えてくれて、本当にありがとう。なにより、僕の幼馴染《おさななじみ》として、最初に魔王討伐の旅についてきてくれて」

「……こっちこそ、こんな俺を旅に連れ出してくれて感謝してる」

俺とブロードは同じ村の孤児院で育った幼馴染だ。

そしてお互い十二歳になった時、ブロードが魔王討伐の旅に誘ってくれて、俺たちのこの旅が始まった。

ブロードからの誘いがなければ、この仲間たちと出会うこともなかったし、楽しい思い出を作ることもできなかった。

六年にも及んだこの旅で得られたものはあまりにも多い。だから感謝しているのはこちらの方だ。

「ここにいる誰かひとりでも欠けていたら、きっと魔王討伐を果たせなかった。僕たちの固い絆《きずな》があったからこそ、世界を平和へと導くことができたんだ。これで僕たちは王都へ帰れば、魔王を打ち倒した英雄として称えてもらえる」

今からそのことを考えているのか、皆は心なしか誇らしげに胸を張っているように見えた。

ただ素直じゃないビエラは、軽く鼻を鳴らしながら言う。

「まあ、私は魔王討伐の褒美がもらえればそれで充分なんだけれどね」

「そういえばビエラは魔王討伐の褒美で、ジャカード国王様から古代遺跡への立ち入り許可をもらうと言っていたね。すぐに遺跡調査へ出るのかい？」

「えぇ、そのつもりよ」

魔王討伐を果たした冒険者は、冒険者大国のトップス王国を統治しているジャカード国王から褒美を賜ることができる。

その褒美でビエラは、特別調査団体のみが立ち入りを許されている古代遺跡への入場許可をもらうと前々から言っていた。

知識欲の塊である彼女にとって、古代遺跡は知識と歴史の宝物庫らしい。

同じように他のメンバーたちも、すでに魔王討伐の褒美を決めている。

「ラッセルは動物保護団体の拡張の志願。ガーゼは働きたくないから巨万の富だったっけ？　統一感がないところが僕たちらしいよね」

「そういうあなたこそ、故郷の村の孤児院を潤すために資金援助を要請するのでしょう？　お人好しは勇者の使命を全うしてからも直りそうにないわね」

ビエラが呆れた様子で肩を竦《すく》めて、ブロードは苦笑を浮かべた。

そばでその会話を聞いていた俺は、密かに安堵《あんど》の息をこぼす。

故郷の村の孤児院は、ブロードがなんとかしてくれる。

それならやっぱり、なにも心配はいらないな。

するとブロードは、今度はこちらに視線を向けてきた。

「そういえばフェルトは褒美でなにをもらうつもりなんだい？　前から『考えておく』とだけ言っていたよね」

「あぁ、そのことなんだけど……」

俺の中で、すでにその答えは見つかっていた。

「俺、魔王討伐の褒美は受け取らないから」

「えっ？」

ブロードだけでなく、四人全員から驚くような視線が向けられる。

まだ誰にも言っていなかったので、このような反応をされるのも無理はない。

それがしかも魔王討伐を果たした褒美についてなので、驚愕はなおのことだろう。

町への帰路を歩いている中だったが、その足取りを重くしながらブロードが俺に問いかけてきた。

「受け取らないって、なにも褒美をもらうつもりがないということかい？」

「あぁ。それとみんなと一緒に王都に戻るつもりもないよ。俺はすぐにこのパーティーから離れさせてもらう」

「どう……して……？」

秘めていた思いを改めて告げると、皆の疑惑の視線はより色濃いものになった。

いきなりのことで驚かせてしまって申し訳がない。

でも、これは前々から決めていたことだ。

俺は魔王討伐の褒美を受け取らない。いや、受け取れないと言った方が正しいか。

これには確かな理由がある。

「みんなも知っての通り、俺は勇者パーティーの『腰巾着《こしぎんちゃく》』ってよく言われてる。本来は勇者パーティーにいるのがおかしい、ありふれた生産職の道具師で、勇者ブロードの幼馴染のよしみでパーティーに入れてもらっているだけの役立たずって知れ渡ってるだろ」

不意に皆の表情が翳《かげ》った。

それもそのはずで、この噂《うわさ》は実際に皆と一緒に町を歩いている時に、何度も耳にしたことだからだ。

道具師は無能な天職として有名だ。

素材を組み合わせることで様々な道具を作り出せるが、そのどれもが日常で少し役に立つくらいの性能しか持っていない。

鉱石を素材に一瞬で剣を作り出せるが、燃え盛る炎の剣を打てる鍛冶師《かじ》には敵わない。

薬草を素材に一瞬で痛み止めを作り出せるが、飲むだけで怪我を治せるポーションを調合できる薬師には及んでいない。

魔物討伐で重宝されるような他の生産職とは、天と地ほど扱いの差がある。

だから勇者パーティーのメンバーとして相応しくないと言われており、勇者ブロードと幼馴染の関係ということも割れているため、そのよしみでパーティーに入れてもらっているだけの腰巾着と揶揄《やゆ》され続けているのだ。

「そんな俺が魔王討伐の褒美なんてもらってみろ。同業の冒険者たちだけじゃなく、町の人間たちからも反感を買うのは目に見えてるじゃないか」

役立たずのくせにおこぼれに預かりやがって。そのような言葉をかけられるのが容易に想像できる。

ゆえに魔王討伐の褒美を受け取らずに、穏便に身を引こうと思っていたのだけれど、ブロードは納得できないというように説得してきた。

「言いたい奴には言わせておけばいいじゃないか。傍目には地味な役割に見えたかもしれないけど、君は勇者パーティーにおいて間違いなく欠かせない存在だった。僕たちがそれを世間に証明してやる。なにより君が作った武器や道具は、魔王討伐において一番活躍したと言っても……」

「他の冒険者や町の人たちはそれを実際に見たわけじゃないからな。武器や道具を手掛けたのも俺だって証拠はないし。きっと信じてもらえない」

実際にあの魔王も驚いていたじゃないか。

ありふれた生産職の道具師が、勇者パーティーの装備や道具を揃えたなんて、と。

きっと町の人たちには、幼馴染のブロードが役立たずの俺のことを庇《かば》っているようにしか見えないはず。

「なら、君が大衆の前で実際に道具を作って、その性能を披露すればいいじゃないか」

「それでも俺を認めない人間は出てくるはずだよ。そもそも道具師として技術を高めることができたのは、勇者パーティーにいて良質な素材に触れられる機会が多かっただけだ、とかな」

いちゃもんの付け方なんかいくらでもある。

どれだけ俺が力を誇示しようと、俺がありふれた生産職の道具師というのは変えようがない事実なのだから。

妬《ねた》み嫉《そね》みの視線は必ず向けられることになるだろう。

「それに下手すれば勇者パーティー全体に火の粉が飛ぶ可能性だってあるからな。役立たずにうまい汁を吸わせてんじゃねえって。だから俺は魔王討伐の褒美は受け取らない。王都に戻って称賛を浴びる気もない。四人だけで魔王を倒したってことにしてくれ」

改めてそう言うと、ブロードは複雑そうな表情で歯を食いしばった。

でもわかってほしい。

今回の魔王討伐によって、勇者パーティーは世界を救った英雄として称えてもらえる。

そこに雑音となる俺の存在を残しておきたくはないんだ。

ブロードたちには純粋な称賛を受けてもらいたい。

そう思っていると、ビエラが怪訝そうな表情で問いかけてきた。

「ジャカード国王様から巨万の富でも広大な領地でも賜れるまたとない機会なのよ？　それをみすみす棒に振るつもりかしら？」

「改めてそう言われると確かに惜しく聞こえるけど、それより俺は悪目立ちする方が嫌だからな。俺が望むのはなによりも平穏な暮らしだよ」

続いてガーゼが、気だるげに俺に尋ねてくる。

「じゃあ、フェルトはこれからどうするの？」

「んー、特に具体的なことは考えてないけど、魔王討伐の旅で疲れた分、これからはのんびりと世界でも回ろうかなって思ってるよ。作った道具でも売りながらその日暮らしって感じで」

「フェルトは、本当に変な奴だね。そんなことしなくても、私みたいに王様からいっぱいお金もらえば遊んで暮らせるようになるのに」

「役立たずって言われてる道具師がそんなことしてみろ、それこそ周りから嫉妬《しっと》の嵐で大惨事になるだろ。ていうかむしろ聖職者の聖女様こそ、ここは慎むところだろうが」

聖女ガーゼはバツが悪そうにそっぽを向いた。

このぐーたら聖女が……。

この聖女様は幼くかわいらしい見た目と聖女の才能で許されているから、巨万の富をもらったとしてもなにも言われないと思うけど、俺が同じことしたら非難が殺到するのは目に見えてるだろ。

思わず呆れていると、不意にブロードがこちらに問いかけてきた。

「それならどうして、君は魔王討伐についてきてくれたんだ？」

「んっ？」

「褒美も名声もいらない。なら魔王討伐をする意味なんてなかったじゃないか。なのにどうして君は、魔王討伐の旅についてきてくれて、命を懸けてまで一緒に戦ってくれたんだ？」

同じような疑問の視線を、他の三人の仲間たちからも向けられる。

確かに褒美も名声もいらないなら魔王討伐についていった意味はないように見える。

ただ危険を冒して魔王と戦っただけになるので、一般的に見れば命知らずの馬鹿と捉える人が大多数だろう。

でも、それにはちゃんとした理由があった。

「お前に恩を返すためだよ、ブロード」

「恩？」

「小さい頃、孤児院で周りに馴染めなかった俺を、唯一ブロードだけが気にかけてくれただろ。おかげで俺は心細い思いをすることがなかったんだ。だからその恩を返せればいいと思って、ブロードの旅の助けをしようと決めたんだ」

ブロードはあまりピンときていないのか、小首を傾《かし》げている。

まあ、ブロードにとっては当たり前のことをしただけだから、あまり印象には残っていないのかもしれない。

でも孤児院で気にかけてくれたことが、俺にとっては心の支えになっていた。

そしていつか恩を返したいと思っていたので、英雄に憧れていたブロードの夢を叶えるために、魔王討伐の手伝いをしたんだ。

「まあ結局は楽しい旅の思い出も作らせてもらったから、返した恩よりももらったものの方が多い気がするけど」

そんなことを言いながら歩いていると、やがて二股《ふたまた》に分かれている分岐路に差しかかる。

最寄りの町に繋《つな》がる道と、人気《ひとけ》のない森へと続く道。

勇者パーティーは前者の道へ向かう予定だが、そこで俺は森の方へ繋がる道に歩みを進めた。

「じゃあ、俺はここで別れるよ。町まで一緒に戻るところを見られたくないしな」

「本当に君は、それでいいのかい？」

「あぁ。俺には褒美や名声なんかなくても、この五人で旅をしたっていう思い出があるからな」

本当にそれだけで充分だ。

王様から巨万の富や莫大な領地なんかもらわなくても、俺は仲間たちからかけがえのない褒美をすでにもらっている。

まあ、もう少しだけみんなと一緒にいたかったって気持ちはあるけど。

名残惜しさを胸の内に秘めながら、俺は仲間たちに背を向けた。

「じゃあ、みんな元気でな。また機会があったらどこかで会おう」

後ろ髪を引かれる思いはあれど、それを悟られないように陽気な声音で別れを告げる。

こうして俺は勇者パーティーを抜けて、世間の目から逃れるように仲間たちと別れたのだった。


勇者パーティーと別れてから、俺は旅の準備を始めた。

これからの予定についてだが、自由気ままに世界を旅しようと思っている。

魔王討伐の旅が過酷だった分、これからはのびのびと自由に生きていこうと考えているのだ。

と、ブロードたちには語ったけれど、実はその他にも理由があったりする。

俺は前世での経験から、世界を気ままに旅することに密かに憧れを抱いている。

俺には、前世の記憶がある。

日本人、布施優斗《ふせゆうと》として過ごしてきた時の記憶が。

三十代後半、社会人として責任ある役職に就かされて、しがらみや息苦しさを感じながら仕事に明け暮れる日々を送っていた。

そんなある日、俺は通勤中に暴走車による事故で命を落とし、気付けばこの世界へと転生していた。

人々に天職という名の力が与えられて、蔓延《はびこ》る魔物や魔族たちと戦いを繰り広げている空想的なこの世界に。

前世ではファンタジー系のゲームが好きで、それによく似た世界へやってきたとわかった時は、強烈な驚きと感動を覚えたものだ。

さらにはファンタジーゲームの中でも特にクラフト要素の強いゲームを好んでいて、授かった天職が生産系の道具師だったのも運命的ななにかを感じた。

だから俺はこの世界を自由に歩き回りながら、各地の素材を使って色々な道具を作ってみたいと最初に思ったのだ。

そして幼馴染であり恩人でもある勇者ブロードの手助けが終わったので、俺は最初にしたいと思った異世界旅に出発しようとしているわけである。

「着きましたよ、お客さん」

「んっ？」

ただその前に、故郷に戻ってやっておきたいことがあったので、俺は一度生まれ育ったチェック村に戻ることにした。

森を抜けた先にあった村から最寄りの町まで馬車で送ってもらい、そこからは自らの足で故郷の村を目指す。

田舎村だから、馬車が最寄りの町までしか行ってくれない。その分、人が少なくて静かで暮らしやすいんだけど。

思えば前世の実家もこんな感じだったなぁ。

周りに田んぼや畑くらいしかなくて、バスも電車も本数が少なく車必須の交通環境。

ゲーム屋や電気屋、書店などももちろんあるはずがなく、隣町まで遠出しないとろくにゲームやラノベが買えなかったな。

そんな不便さはありつつも、都会と違って雑踏の圧迫感がなく、静かで解放的な場所だった。

前世を懐かしく思い出しながら、俺はチェック村までの道のりをのんびりと歩いていく。

するとその道中……。

「ううっ！」

道端にうずくまっている人が見えた。

傘のような帽子を被っていて、大きなカバンを背負っている。

おそらく行商人と思われる男性は、右脚を押さえて地面に座り込んでいた。

トラブルは避けたかったけれど、さすがに無視できずに声をかける。

「あの、どうかしましたか？」

「さ、さっき、森の中で小さな狼《おおかみ》の魔物に襲われてな。右脚をやられてここまで逃げてきたんだ」

見ると確かに引っかかれたような傷が窺《うかが》える。

しかもそれなりに傷が深い。

町までは距離があるので、この脚で歩いていくのは難しそうだ。

「町で大切な商談があるっていうのに、このままじゃとても間に合わない」

男性は嘆くように歯を食いしばる。

その姿を見た俺は、しょうがないと思いつつ男性に告げた。

「もう少し我慢してください。すぐに傷薬を作りますから」

「えっ？」

別に、困っている人がいたら誰でも彼でも助けるという、人情に溢《あふ》れた性分を持ち合わせているわけではない。

なにか莫大な見返りを期待しているわけでもない。

ただ……。

『ブロードさぁ、困ってる人がいたら誰にでも手を貸してるけど、あまり得する生き方じゃないと俺は思うぞ』

『えっ、どうして？　確かに見返りは得られないかもしれないけど、人との繋がりができていいじゃないか』

『人との繋がりができるほど、しがらみもまた増えていくからだよ』

旅の中で、ブロードが人助けをする姿を何度も目にしてきた。

誰でも彼でも助ける心意気は殊勝なものだけれど、いつかブロード自身が疲れてしまうのではないかと思って俺はそれとなく苦言を呈したのだった。

前世の俺も善意だけで頼み事やら無茶な仕事を引き受けたりして、自分の身と心をボロボロにしてしまった苦い経験があるから。

その時にブロードは、爽やかな笑みを浮かべてこう言ったのだ。

『だとしても僕は、目の前に困っている人がいて、その人を助けられる力があるのなら、それを使わないのはもったいないって思ってしまうんだ』

あのお人好しのそんな生き方を後ろからずっと見ていて、それを貫き通し続ける姿をカッコいいと思った。

だからこれは、少しでもブロードみたいにカッコよくなるための、いわば真似事である。

俺はなにもない空間をタンッタンッと、右手の人差し指で二度叩《たた》く。

すると目の前に半透明の板が浮かび上がってきた。

生産職ならば誰もが出せる『ウィンドウ』。

ゲームでいうメニュー画面のようなもので、色々と便利な機能が使える。

荷物や道具を仕舞っておける『アイテムウィンドウ』だったり、周辺地域を地図化してくれる『マップウィンドウ』だったり。

そして道具師は『クラフトウィンドウ』も開くことができ、収集した素材を組み合わせて道具を製作できる。

クラフトウィンドウを開くと、持ち合わせている素材の一覧がずらっと表示されて、俺はポチポチと手慣れた所作で素材を選んでいく。

それから調合開始のボタンを押すと、ウィンドウがわずかに青白い光を放ち、画面が切り替わって『調合終了』の文字が浮かび上がってきた。

アイテムウィンドウを見てみると、作成された傷薬がきちんと入っているのが確認できる。

それを取り出し、座り込んでいる男性に渡した。

「これどうぞ」

「これって、もしかして『安らぎの良薬』か？　あんた道具師だったのか」

「はい」

どうやらこの道具について知っているようで、こちらの天職を道具師と見抜いたらしい。

行商人ならこれまで多種多様な物品を扱ってきただろうから、道具師の作った道具を知っていても不思議はないな。

「ありがとう、気遣ってくれて。これで少しは楽になるよ」

〝少し〟。そう、この薬は、いわばちょっとした痛み止めのようなものだ。

薬師が手掛ける、飲めばみるみる傷口が塞がっていく傷薬とは違い、道具師が作る傷薬はせいぜい自然治癒力を促進しつつ痛みを緩和するだけ。

これこそが道具師が無能の天職として名高い最大の理由である。

傷薬は作れるけど、薬師の天職が手掛けるような強力な傷薬や解毒薬は作れない。

武器は作れるけど、鍛冶師の天職が打つような特殊効果付きの武器は作れない。

作れる道具の種類が多い代わりに、低性能なものしか作れず、生産職の中において器用貧乏な存在と言える天職だ。

そんな道具師が作った傷薬では気休め程度にしかならないが、男性はこちらの気遣いを無駄にしたくないと思ったのか、大切そうに飲んでくれた。

すると……。

「えっ？」

薬を飲み干した直後、男性の右脚に異変が起こる。

狼の魔物に引っかかれた傷が、〝一瞬にして完治〟した。

まるで薬師の天職が手掛けた傷薬を飲んだかのような……いや、それ以上の秘薬を使ったかのように。

「ど、どういうことだ……？　俺が今飲んだのは、確かに道具師が作れる安らぎの良薬だったはずだが……」

彼の言う通り、安らぎの良薬に痛み止め程度の効果しかないのは間違いない。

しかし俺が作ったものは、ただの安らぎの良薬ではないのだ。

変に怪しまれるのも嫌だったので、俺は噛み砕いて説明をした。

「安らぎの良薬の正式な素材は、『清香草《せいかそう》』と『浄雨茸《じょううだけ》』のふたつですが、今の傷薬には『瑠《る》璃鳥《りちょう》の羽』という素材も加えてあったんです。そうすることで治癒効果が飛躍的に向上するんですよ」

「る、瑠璃鳥の羽？　聞いたこともない素材だが……」

まあ、それも無理はない。

なぜなら瑠璃鳥の羽はレア素材として数えられているからだ。

滅多に採取することができず、有用性の高い素材はレア素材と呼ばれており、生産系の天職を持つ者たちは喉から手が出るほど欲している。

というのも、生産職が手掛ける武器や道具は、使う素材によって性能が変わり、希少性の高いレア素材はその性能を大幅に向上させてくれる。

そして道具師もその例に漏れず、レア素材を使うことで道具の性能を著しく引き上げることができるのだ。

それこそ薬師が手掛けるような強力な薬を凌駕《りょうが》するほどの傷薬だって、このように作り出せる。

つまり道具師は……。

生産職において器用貧乏な存在だが、レア素材さえ集めて適切に扱うことができれば、高性能の武器や薬など様々な道具を生み出すことができる、『万能生産職』となり得る天職なのである。

『道具師、おもしろいじゃん！』

幼少時、チェック村の近くの森を散歩している時、虹色に輝く草の群生地をたまたま見つけた。

調べてみるとそれは『雨上がりの霊草《れいそう》』という名前の薬草で、俺が初めて触れたレア素材だ。

ちょうどその時、ブロードが風邪をひいて喉を痛めていたので、くだんの素材を使ってちょっといい喉薬が作れるかもと調合を試みると、風邪そのものを一瞬にして吹き飛ばしてしまうほど高性能の薬ができあがった。

喉薬のつもりでそれを飲んで、嘘みたいに風邪が治った時のブロードのきょとんとした顔は今でも忘れられない。

そうして道具師の可能性とおもしろさにいち早く気付いた俺は、幼い頃から素材採取と道具作りに熱中した。

希少性が高いレア素材は発見が困難で、そのため明確な加工方法も確立されていなかったが、俺は幸運体質なのか昔からレア素材を探すのがうまかった。

幸運という隠しパラメータ的なものがあるからなのか、この世界に転生した際の影響でそうなったのか。

ともかくそのおかげでレア素材探しには困らなかったし、色々な素材の加工や組み合わせを試すことができた。

そうして小さい頃から道具師としての技術を高め続けた結果、いつの間にかレア素材の扱いがうまくなり、鍛冶師の天職が打つ特殊武器や、薬師の天職が手掛ける強力な薬を超える道具を作り出せるようになっていたのだ。

ありふれた生産職の道具師でも、勇者パーティーの一員としてそれなりに活躍できたのは、この幸運体質と自分の天職に悲観せずその可能性を見い出すことができたおかげである。

「こ、これほどの傷薬を作れる道具師がいたのか……！　君、名前は？」

「え、えっと、名乗るほどの者では……」

勇者パーティーにいた腰巾着と知られたくなかったため、俺は名乗らずにその場を去ろうとした。

「それじゃあ、俺はこれで」

「ま、待ってくれ！　せめてお礼だけはさせてもらえないか」

男性はそう言いながら呼び止め、背中の大きなカバンを探り始める。

そこから麻の紐《ひも》で網をかけられた三つのリンゴを取り出し、渡してきた。

「今渡せるものがこれくらいしかなくてな、容赦してもらいたい」

「いえいえ、結構なものをもらってしまって」

随分と立派なリンゴだ。逆に先ほどの薬ひとつでここまで品質のいいリンゴをもらってしまって申し訳ない。

「本当にありがとう。これで大切な商談に遅れずに済みそうだよ」

男性は最後に深く頭を下げると、町の方へ向かって足早に駆けていった。

それを見届けた後、俺は再び故郷の村を目指して歩き始めた。


男性からの感謝の気持ちを噛みしめるように、もらったリンゴを齧《かじ》りながら二時間ほど歩いていると、やがて木々に囲まれた村が見えてきた。

「久々に戻ってきたけど、全然変わってないなぁ」

木造りの住居が建ち並び、豊かな畑が随所に広がる穏やかな雰囲気の村。

ここが俺の故郷のチェック村。ブロードと一緒に育った村でもある。

およそ六年ぶりに故郷に帰ってきて、懐かしさと感慨深さをしみじみと味わった。

そしてさっそく村に来た目的を果たすために、ある場所へと向かっていく。

ほどなくして教会じみた建物が見えてくると、そこの庭で子供たちに囲まれながら、洗濯物を干している細身の男性を見つけた。

柔和な印象の顔に細いフレームの眼鏡をかけており、赤髪を後ろで一本に結んでいる。

もう四十半ばにもなるので、シワのひとつでもできただろうかと思っていたけれど、走り回る子供たちに優しく注意を呼びかけるその姿まで、六年前とまったく変わらないままだった。

そのことに人知れず微笑んでいると、その男性は遅れてこちらに気が付いた。

「おや？　もしかしてフェルト君ですか？」

「久しぶり、アラベスクさん」

この人の名前はアラベスク・テーパード。

チェック村にある孤児院を営んでいる院長だ。

そして実質、この世界における俺の育ての親でもある。

俺はこの世界に転生して目覚めた時、チェック村の近くの森で、幼児姿で倒れていた。

周りには親らしい人もおらず体も衰弱していて、そんな時たまたま森を通りかかったアラベスクさんに拾ってもらったのだ。

おそらくなにかしらの理由で俺を育てられなかった親が、チェック村の近くの森に俺を捨てたのだと思われる。

そうして孤児院で育ててもらうことになり、この人のおかげで俺は健康的に成長できたのだ。

「おかえりなさい、フェルト君。随分と大きくなりましたね。無事に帰ってきてくれてとても嬉しいですよ」

「アラベスクさんこそ元気そうでよかった。孤児院も相変わらず賑《にぎ》やかそうだね」

洗濯物を干すアラベスクさんの後ろで、子供たちが元気に庭を駆け回っている。

ここはチェック村の旧教会を利用した孤児院で、新しい教会はまた別に建てられている。

古くなった教会を持て余していたところ、アラベスクさんが領主と交渉して孤児院として利用させてもらっているらしい。

そのため古くはなっているものの、敷地自体は広く子供たちものびのびと生活することができている。

「それで、どうして突然チェック村に戻ってきたのですか？　ブロード君と一緒に旅の最中のはずでは……」

「その旅が終わったから、アラベスクさんに報告しようと思って村に帰ってきたんだ。ついでに旅の思い出話も聞いてもらいたいと思って」

「なるほど、そういうことですか」

そう、ここへ戻ってきたのは魔王討伐の報告を、恩師のアラベスクさんにしようと思ったからだ。

それが済んでようやく、俺の魔王討伐の旅にピリオドが打てる。

「であれば中へ入って、腰を落ち着けて話をしましょう。フェルト君も家路を歩いて疲れているはずですから」

「うん、そうさせてもらおうかな」

アラベスクさんに促されて、俺は久々に孤児院の中に入った。

中の風景は、六年前に見た光景とほとんどなにも変わらない。

子供の数が少し増えたくらいだろうか。

どうやらこの人のお人好しはますます強くなっているみたいだ。

「また見境なく新しい子を引き受けてるみたいだね。孤児がかわいそうなのはわかるけど、引き受けるのもほどほどにしときなよ」

「た、頼られてしまうと、どうにも断れない性分なんですよ。一応孤児院にはまだ余裕がありますし」

この人はそう言って、自分の食い扶持を限界まで切り詰めて、行く当てのない孤児たちを助け続けている。

アラベスクさんは、もともとは別の孤児院で育った元孤児だ。

その時の院長さんからよくしてもらったため、自分も同じく孤独に苦しむ子供を助けたいと孤児院を開いたらしい。

その心がけは立派だけど、自分の身を削ってまで孤児を助けようとしているのは手放しには褒められない。

全体的にほっそりとした体つきをしているのもそれが理由である。

「まあ、じきにブロードが孤児院のために莫大な援助資金を持って帰ってくると思うから、もう少し引き受けても問題はないと思うけどね」

「莫大な援助資金？　ということはやはり、フェルト君たちは魔王を……？」

「うん、そういうこと」

俺がこの村に帰ってきた時点で察していたとは思うが、ここで俺は確信を与える頷きを返した。

しかしブロードが一緒にいないことに疑問を抱いている様子だったので、そのあたりのことも腰を落ち着けて説明していく。

魔王討伐が無事に済んだこと。

じきにその話が世界全土に広まること。

俺は勇者パーティーで腰巾着と揶揄されていたこと。

だから魔王討伐の報酬を受け取らずにパーティーを離れたこと。

これから自由に世界を見て回ろうと思っていることを。

アラベスクさんはその話を静かに頷きながら聞いてくれて、すべて聞き終えると納得したように微笑んだ。

「なるほど、それでフェルト君だけ先にひとりでチェック村に帰ってきたわけですか」

「うん。ブロードは今頃、他の仲間たちと一緒に王都に到着したんじゃないかな」

次いでアラベスクさんは、昔のことでも思い出すように、心なしか遠い目をしながら話す。

「あなたは相変わらず歳不相応に達観していると言いますか、大人びた行動を取りますね。富や名声ではなく安寧を選ぶとは」

まあそりゃ、中身はもともと四十歳手前の大人だったんで。

歳不相応と思われるのは当然ではある。

俺だって十八の若い頃に魔王討伐の栄誉を得られる機会があったなら、喜び勇んで飛びついていたに違いないから。

「しかしそれがあなたの選んだ道だというのなら、なにも言うつもりはありません。私からはただ、魔王討伐の称賛だけを送らせてもらうとしましょう。さすがはフェルト君とブロード君ですね」

「ありがとう、アラベスクさん」

アラベスクさんは優しい表情で、俺の選択を肯定してくれた。

名声を得られなかった代わりに、アラベスクさんからの称賛を受けることができて、俺は充分に満足できた。

「それにしても、おふたりが無事で本当によかった。なにより今日まで仲違いをせずに冒険を続けてくれて、私はとても嬉しいです。やはりおふたりは仲がいいですね」

「仲がいいっていうか、俺はあいつに恩があるからそれを返したかっただけだよ」

一緒にこの孤児院で育ち、俺はあいつに色々と助けてもらった。

孤児たちは基本的に出自がはっきりしていることが多く、親も出身も定かではない俺は孤児たちから気味悪がられてしまったのだ。

前世の記憶があるため変に大人びた口調と態度をしていたことからも、孤児院で孤立してしまったのは今思えば当然の成り行きだったのかもしれない。

精神は三十代後半のため、孤立すること自体は別に苦痛ではないと思ったが、思いのほか俺の心は徐々に擦り減っていった。

それを気にかけてくれたのがブロードである。

ブロードは孤立している俺にも優しく話しかけてきてくれて、孤児たちの中心人物でもあったため俺と皆の仲をうまく取り持ってくれたりもした。

正確な年齢は定かではないが、同い年くらいということもあって、それからよく一緒に行動するようになり、おかげで俺は孤独に苦しむことがなかったのだ。

だから俺はブロードに感謝していて、勇者として魔王討伐を志したあいつを手助けしてやりたいと思った。

「それで、君はこの後すぐ旅に出るのですか？」

「うん。ブロードが魔王を打ち倒した勇者って知れ渡ったら、故郷のチェック村も注目されるだろうし、そこにあまり長居はしたくないかな」

勇者パーティーにいた無能の道具師として、俺まで注目されてしまいそうだし。

そう伝えると、アラベスクさんは目線を落として続けた。

「そうですか。また寂しくなってしまいますね」

「これからは気が向いた時にいつでも帰ってこられるから、そんな顔しないでよアラベスクさん。魔王討伐みたいな危険な旅に出るわけでもないからさ」

アラベスクさんは自分の子供たちを心の底から大切にしている。

だからブロードが勇者の天職を授かった身として、魔王討伐を志したのをすごく心配していた。

勇者の天職を授かった人間は、過去に五人いるけれど、その誰もが魔王討伐を果たせず魔王軍の幹部や災害級の魔物と相打ちとなった。

そのため俺も、ブロードが同じ道を進むことになるんじゃないかと思って、そのあたりのこともあってできる限りの手助けをしようと考えた。

けどもうそんな心配をする必要はない。人類最大の脅威である魔王の討伐は果たされて、ブロードも俺も命を落とす可能性はほとんどなくなったのだから。

「しかしせめて今夜だけは、ここで晩御飯を食べていってください。フェルト君の好物を用意しますから」

「えぇ、でも孤児院の子たちやアラベスクさんの分を取っちゃうのは悪いからなぁ……」

「これは魔王討伐の祝勝会でもあります。世間の称賛から逃れるのはいいですけど、どうか私からの称賛は受け取ってください」

そう言われてしまっては、断ることもできなかった。

その日の晩、俺は孤児院でアラベスクさんの料理の懐かしい味に舌鼓を打ち、ついでに孤児たちとも遊んで仲良くなることができた。


翌朝。

恩師のアラベスクさんに魔王討伐の報告を終えた俺は、いよいよ当初の目的であった異世界旅へと出発することにした。

前世でよくやっていたクラフト要素のあるファンタジーゲームをするかのように、世界各地を巡りながら色々な素材を集めたり道具を作ったりしてみたい。

ついでにあちこち観光もできれば最高である。

「では、道中お気を付けて」

「うん、アラベスクさんも体には気を付けてね」

孤児院の玄関でアラベスクさんに見送られながら、俺は故郷を旅立ったのだった。

これからは魔王討伐のような壮大な目的はない、自由で気ままな旅が始まる。

差し当たっては、行ってみたい町がいくつかあるので、まずはその辺りを目指して進むことにした。

「んっ？」

するとＡ、チェック村を出て森の道を歩いている最中、茂みの方から気配を感じた。

ここら辺は比較的魔物が少ないので、小動物かなにかだと思ってそちらを見ると……。

茂みをかき分けて、一匹の白い狼が姿を現した。

「──っ!?」

大きさで言えば、大型犬よりさらにひと回り大きいほどの白狼。

毛並みは整っていて、新雪のような純白の毛は朝日を浴びて輝いて見える。

思いがけないサイズの生き物が出てきたので、俺は思わず驚いて飛び退った。

一定の距離を保ちながら、俺は白狼を注視し続ける。

すると向こうも、宝石のような青い目でジッとこちらを見つめてきて、特になにかしてくることもなく静かに佇《たたず》んでいた。

敵意がなく、襲ってくる気配がない。むしろ優しげな眼差しをこちらに送ってきている気がする。

ジッとこちらを見てくる白狼を見つめ返していると、やがてハッと俺の脳裏に電気のような衝撃が走った。

「もしかしてお前、あの時助けた子犬か？」

子供の頃。

ブロードと一緒にこの森で遊んでいる時、一匹の子犬が小さな魔物に襲われているところに遭遇した。

まだ幼かったブロードは勇者の力をうまく使えず、魔物の姿を見て立ち尽くした。

一方で俺はすぐに子犬を助けるために動き出し、試作していた道具を駆使してなんとか魔物を退けることができた。

それから子犬は森の奥へと帰っていったけど、その時に助けた子犬の面影がある。

体はあの頃と比べて随分と大きいけれど、切れ長で宝石のような碧眼にどこか懐かしさを感じる。

そう思っていると、白狼は不意に尻尾をふりふりと振り始めた。

もふっとした耳もたたんで、ゆっくりとこちらに近付いてくる。

最後には背中を擦りつけるように体を寄せてきて、「くぅん」と甘えるような鳴き声をこぼした。

嬉しそうなその様子を見て、あの時助けた子犬だと俺は確信を得る。

「まだこの辺に住んでたんだな」

ふさふさとした頭を撫《な》でながら、すっかり大きくなった姿を見て感慨深く思う。

アラベスクさんもこんな気持ちで孤児たちの成長を見守っているのだろうか。

まさかあの時助けた子犬が、こんなに大きくなるなんて。

頭を撫でていると、その頭を俺の右手にグイグイと押し返してくる。

もっと撫でろということだろうか。むしろこちらからお願いしたいくらいの触り心地なので、ありがたく撫で続けさせてもらう。

ふさふさ、もふもふ……。

あぁ、実家で飼っていた白柴のピッケを思い出す。

小学生時代に飼っていたペットで、兄弟がいなかった自分としては家で唯一の遊び相手だった。

「旅に出る前にお前のことも知られてよかったよ。元気に暮らしてたんだな」

俺はひとしきり白狼を撫でると、満足して右手を離した。

それに気付いた白狼がふいっと顔を上げたので、俺は手を振る。

「じゃあ、俺はもう行くから。これからも元気で暮らしていけよ」

もう少し一緒にいたかったけれど、あまり長く時間を共にしていると名残惜しさが増すと思った。

だから俺は別れを告げて歩き出す。

すると後ろの方から、タッタッタッタッと足音が聞こえてきた。

「んっ？」

振り返ってみると、白狼が俺の斜め後ろを位置取るようについてきていた。

このまま進めば森を抜けてしまうのだけれど、それでも白狼はぴたりと後ろを歩き続けている。

「もしかして、お前も旅についてきたいのか？」

まさかと思って問いかけると、白狼は頷きでも返すかのように頭を擦りつけてきた。

なんかめちゃくちゃ懐かれてる。

助けた時はすぐに森の奥へ走り去ってしまったので、てっきり怖がられているのかと思ったけど今はそうではないらしい。

少し考えてから俺は言った。

「じゃあ、一緒に旅についてくるか？　特に目的とかは決まってないんだけど」

と言うと、言葉を理解しているのか、白狼はバッと顔を上げて嬉しそうに耳と尻尾を忙しなく動かした。

もう一度頭を撫でてあげる。

俺の旅の目的は気ままに異世界散策だ。

魔王討伐を目指しているわけでもないし、凶悪な魔物と戦おうとしているわけでもない。

だから危険はないはずなので、この子を連れていっても問題はないだろうと思った。

それにひとり旅よりも、心を癒してくれる仲間がいてくれた方が俺としてもありがたいし。

であれば名前とかも付けてあげた方がいいよな。

「うーんと、そうだなぁ……。じゃあピケにしよう」

元の世界の実家で飼っていた白柴のピッケから名前を拝借し、略したものにしてみた。

ピケと呼ぶと、さっそく気に入ってくれたのかはしゃぐように俺の周りを駆け回り始めた。

「よし、じゃあ行くかピケ。とりあえずまずは行きたい町があるから、そこを目指して出発だ」

俺はおともになったピケを連れて、気ままな旅へと出発したのだった。

言うなればこれは、魔王討伐の使命や世界を救う目的などもなく、ゲームクリア後の世界をふらふらとのんびり散策するような、そんなゆる〜い旅である。

閑話　勇者たちのその後

トップス王国、王都モノグラム。

その町のシンボルともなっている王城にて、勇者パーティーは謁見の間にいる国王と会っていた。

「勇者ブロードとその仲間たちよ。魔王討伐の使命を果たし、世界を平和に導いたこと、実に見事である。ついてはそなたらに約束の褒美を贈呈しよう」

トップス王国を束ねるハイエンド王家の長、ジャカード・ハイエンド国王。

この国は冒険者の育成と援助に力を入れており、冒険者大国と呼ばれている。

そんな国でジャカード国王は、冒険者たちに対して魔王討伐の使命を与えた。

魔王を討伐し、世界を平和に導いた者たちに、可能な限りの褒美を授けると。

その褒美を賜りに、勇者ブロードたちは王城の謁見の間にやってきていた。

そして各々が望む褒美を告げて、すべて受諾されると、続いて祝賀会について国王から提案される。

「魔王討伐の使命を果たした勇者とその一行たちの活躍を、ぜひ王都を挙げて祝わせてもらいたい。豪華な食事とパレードも用意させてもらう」

その提案をブロードたちは快く了承した。

それからほんの一週間で祝賀会の準備と告知を終えて、王都で魔王討伐を祝う催しが開かれた。

ブロードたちはパレードの主役として王都を回り、町の人たちから多くの称賛の言葉をかけてもらう。

そしてパレードの後は、王城のパーティー会場で王侯貴族や上級冒険者たちと談笑を楽しみながら、用意された豪華な食事に舌鼓を打ったのだった。

「取りすぎじゃないかい、ガーゼ。少しは遠慮したらどうかな」

「私たちは世界を平和にした勇者パーティー。だから遠慮する必要はないって王様が言ってたわ」

「にしてもそれは欲張りすぎだよ」

聖女ガーゼが小さな体に見合わない山盛りの皿を持ってきて、ブロードが呆れた笑みをこぼす。

その光景を同じ席の賢者ビエラが微笑ましそうに眺めており、寡黙な聖騎士ラッセルは姿勢よく静かに食事を楽しんでいた。

「食べ切れなくなっても知らないよ。僕は手伝わないからね」

「大丈夫。最後はラッセルが全部食べてくれるから」

「ラッセルに押しつけるなよ……」

そんなやり取りをしていると、不意に四人の集団が近付いてきた。

そのうちのひとりがブロードに声をかける。

「よお、ブロード」

「んっ？」

声をかけてきたのは赤髪短髪の青年だった。

背中に鋼の大剣を背負い、赤いコートを靡《なび》かせながら三人の仲間を引き連れている。

ツンツンに尖《とが》らせた赤毛と八重歯が特に目を引く、見覚えのある人物を前にしてブロードは少し驚きつつ返した。

「ツイードか。君たちも王都に戻ってきていたんだね」

「あったりめえだろうが。ライバルのてめえらに先を越されたんだからよ。文句のひとつも言わせやがれ」

ライバル。

そう、彼らは勇者ブロードたちと同じく、魔王討伐を志していた冒険者パーティーだ。

【剣聖】の天職を授かったツイード・ナード率いる一線級のパーティー。

世間ではどちらが先に魔王討伐を果たすか議論されるほど実力は拮抗《きっこう》していたが、結果としては勇者ブロードが率いる勇者パーティーに軍配が上がった。

その文句を言いに来たと剣聖ツイードは宣言したが、即座に肩を竦めて悪戯《いたずら》っぽい笑みを浮かべる。

「ってのは冗談で、今日は素直にお前たちのことを褒めてやろうと思って来たんだよ。やるじゃねえかよ勇者パーティー」

それを受けて、ブロードたちは意外そうに目を丸くする。

今まではライバルとして競い合い、時に激しいぶつかり合いもした。

顔を合わせれば憎まれ口ばかりを叩かれていたけれど、よもや負けず嫌いを体現したようなツイードから称賛の言葉を送られるとは。

それほどまでに魔王討伐の成果が大きく、世界を激震させたことなのだとブロードは改めて実感する。

それから勇者パーティーのメンバーたちは、ツイードのパーティーのメンバーたちと談笑を始めた。

その様子を傍らから眺めながら、ブロードとツイードもふたりで会話をする。

「で、いったいどんな卑怯な手を使って、あのおっかねえ魔王を倒したっていうんだよ」

「別に卑怯な手なんか使ってないさ。心強い仲間たちのおかげで、僕は魔王を打ち倒すことができたんだよ」

「チッ、相変わらずカッコいいことしか言わねえな、このカッコつけ勇者が」

ツイードは手に持っていたグラスを雑に呷《あお》り、豪快に息を吐き出す。

相変わらず仕草が荒々しいなと、ブロードが内心で苦笑を漏らしていると、続けてツイードが疑惑のこもった視線を向けてきた。

「まあ、お前んとこの連中が粒揃いってのは認めてやるよ。だがな、それだけじゃ魔王ステインを倒せた理由にはならねえだろ。歴代の勇者たちを軒並み返り討ちにした化け物なんだぞ」

と疑問をぶつけられたものの、実際に魔王を打ち倒すことができたのは心強い仲間たちがいたおかげが一番大きいと考えている。

特に皆の目に映りにくい道具師フェルトの活躍が、魔王討伐最大の要因になったとブロードは思っていた。

フェルトが作った剣がなければ、ブロードは魔王の分厚い魔装を斬《き》ることはできなかった。

フェルトが作った鎧がなければ、ラッセルは魔王の激しい猛攻に耐えることはできなかった。

フェルトが作った杖《つえ》がなければ、ビエラはすぐに魔力が枯渇し高位魔法を連発できなかった。

フェルトが作った傷薬がなければ、ガーゼの治癒魔法だけで仲間たちを回復し切れなかった。

ありふれた生産職の道具師だからと、今まで目を向ける機会がほとんどなく、そのせいで彼の活躍に気付かない人たちは大勢いる。

ツイードも勇者に気を取られているそのひとりで、そうとわかったブロードはフェルトの大業について語ってやろうと思った。

しかし寸前で声を引っ込める。

フェルトは目立つことを嫌がっている。世間の人々にフェルトの活躍を伝えると提案した時は、どうせ信じてもらえないだろうからと諦めていた。

ツイードならばおそらく信じてくれるだろうが、そもそもフェルトは良くも悪くも自分が噂になることを嫌うタイプなのだ。

前々から一緒に過ごしている幼馴染として、それを重々理解しているブロードは、ツイードの問いかけに対してお茶を濁しておくことにした。

「魔王の怪物性を、僕らの絆が少しだけ上回っただけの話だよ。別に特別な準備をしたわけでも作戦を立てたわけでもないさ」

「チッ、あぁそうかよ。お前らは俺の想像を遥かに超える成長をしていたってわけか。じゃあ、魔王の『灰化の呪い』も気合かなにかで乗り越えたってのか？」

「呪い？」

ふとツイードの口からこぼれた台詞に、ブロードは疑問符を浮かべる。

なにも知らないといったブロードの様子に、ツイードはつまらなそうに顔をしかめた。

「んだよ、やっぱ知らずに戦って魔王を倒したのかよ。とんでもねえ連中だな」

「魔王は呪いの力を使えたのか？　そんな情報聞いたことがないけど」

「ま、俺らもついこの前、偶然手に入れた情報だけどな。地方領地を侵攻してた魔王軍の幹部を捕らえた時、尋問がうまくいって魔王の情報を聞き出すことができたんだよ」

ツイードは給仕に新しい飲み物をオーダーしてから、グラスに残った氷をガリガリ齧りながら続ける。

「魔王は人体を灰に変える特殊な呪いを使える。歴代の勇者たちがやられたのもそれが一番の原因だって話だ」

「人体を灰に……」

「魔王と戦って生還したパーティーがこれまでひとつもなく、なぜか遺体すら残らないって言われてたのも、この灰化の呪いでみんなやられちまってたからだ」

呪い。

主に死霊種の魔族が使う特殊な力で、人体に様々な悪影響が生じる。

悪寒を覚えさせたり、幻覚を見せたり、視力を低下させたりなど……。

毒と違って治すこともできず、条件さえ整えば確実にかけることのできる厄介な力だ。

ただ呪いは戦いにおいて決定打になるほど恐ろしいものではなく、あくまで煩わしい些細《ささい》な影響を与える程度である。

だから『魔王は呪いを使えた』というだけだったら、さほどの驚きはなかったが、人体を灰に変えてしまうほどの呪いとなれば話は別。

「一介の魔族たちが使うような呪いだったら、俺らも気にせずに魔王に挑みに行ってたとこだが、灰化の呪いを持ってるとなりゃ対策が必須になる。だから充分に準備を整えてから魔王を倒そうと考えてたんだけどよ……。まさか直後にお前らの魔王討伐の報告を聞くことになるとは思わなかったぜ」

そのタイミングで、ツイードが頼んだ飲み物がやってきて彼はまた勢いよく飲み始める。

そんな彼の傍らで、ブロードは疑問に思ったことを呟いた。

「どうして僕たちには魔王の呪いが効かなかったんだ？」

「さーな。気まぐれで魔王が呪いを使わなかったか、もしくは使う余裕がないほどお前らが圧倒してたのか。呪いによって発動条件もちげぇし、死人に口なしだから具体的なことはわかんねえけどな」

呪いをかける方法は魔族によって様々だ。

対象に触れる、言葉を聞かせる、目を合わせるなどなど……。

魔王の灰化の呪いがいかなる条件で発動可能なのかは定かではないけれど、これまで多数の腕利き冒険者を屠《ほふ》ってきたことからも、戦闘中にその条件を満たすのはそこまで難しいことではないように思える。

本当に呪いの力を使う余裕がないほど、自分たちは魔王を追い詰めていたのだろうか？

今さらながら自分たちの勝利に少しの違和感を覚える。

「あるいは、お前ら神獣の加護でも受けてたんじゃねえのか？」

「神獣って、まさか冒険譚《ぼうけんたん》に出てくる幸運の神獣フェンリルのことかい？　冗談はよしてくれよ」

確かに呪いは、発動条件が満たされても、幸運によって跳ね返すこともできると聞く。

よほどの幸運の持ち主ならば、魔王の呪いですら無効化できてもおかしくはない。

それこそ伝説上の神獣フェンリルの加護でもあれば呪いに怯《おび》える必要はないだろう。

伝奇の中の空想上の生物――フェンリル。

様々な冒険譚、英雄譚、絵本に登場していて総じて人々に幸福を授ける幸運の神獣として伝えられている。

そのフェンリルの加護なら魔王の呪いを防ぐことなど造作もないだろうが、いくらなんでも冗談が過ぎるとブロードは思った。

が、同時に密かに引っかかりを覚える。

（思えば、旅の中で幸運を感じる場面がいくつかあったような……）

滅多に見つからない魔物を頻繁に見つけたり、大事な依頼の日は決まって天候に恵まれたり、希少な素材がたくさん集まったり。

〝たまたま〟では説明がつかないほど、勇者パーティーは幸運な出来事にたびたび遭遇している。

まさか本当にフェンリルの加護を……？

「まあ単純にお前たちの運がよかったってことだな。灰にならずに済んでよかったじゃねえか」

「そう、だね……」

腑《ふ》に落ちない点はあるが、自分たちが魔王に勝ったのは事実だ。

だからそれらの違和感をのみ込んで、今は素直に魔王討伐成功の喜びを噛みしめることにした。

仲間たちが談笑している光景を眺めながら、自分も新しい飲み物でも頼もうかと思っていると……

「んっ？　そういやそっちのとこにいた道具師はどうしたんだよ？」

「えっ……」

ツイードから唐突な問いかけをされて、思わず心臓が鳴る。

ツイードはただ純粋に、いたはずの仲間の姿が見えないことに疑問を抱いている様子だ。

まあ当然の質問ではあると、ブロードは密かに思う。

見知ったパーティーの中から仲間がひとり減っていたら、気になってしまうのは当たり前のこと。

ただでさえ勇者パーティーは魔王との激戦を終わらせた後なのだから。

命を落としてしまったのか、心配してくれているようだった。

だからブロードは、いらない心配をかけないためにも、すぐにツイードに答えようとした。

「えっと、フェルトは魔王討伐の作戦前に……」

自主的にパーティーを抜けたんだ、とあらかじめ用意していた嘘の経緯を話そうとする。

本当は魔王討伐の作戦にも参加して、戦いのために武器や道具も用意してくれた。

そして褒美を受け取れば禍根を残すことになるからと、仲間たちを気遣って身を引いてくれたのだ。

正直にそう言えればよかったが、フェルトは変に目立つことを嫌がっているため、彼のことを聞かれたら嘘の経緯を伝えようとブロードは決めていた。

しかしその時――。

「あらあら、主役のあなたたちがこんな隅っこにいていいのかしら？　勇者パーティーさん」

突然横から声をかけられて、ブロードは出しかけていた言葉を止める。

声のした方を見ると、そこには茶色の長髪を靡かせる女性が立っていた。

切れ長の碧眼に薄い唇。服装は大人びた黒いドレスに多くの装飾品を身に着けている。

甘めの香水を漂わせて、後ろに三人の仲間を率いているその女性は、不敵な笑みを浮かべながらブロードのことを見ていた。

その女性を見た瞬間、ブロードだけではなく、勇者パーティー全員の顔つきが険しいものになる。

「タフタ……。なぜお前たちがここに？」

タフタ・マニッシュ。

ブロードやツイードと同じ、一線級のパーティーを牽引する腕利きの冒険者だ。

冒険者の成績で言えば彼らと同じくらい、界隈では名前も知れ渡っている。

だが、彼女は事あるごとに多くの冒険者とトラブルを起こしており、どちらかと言えば悪名の方でその名が轟《とどろ》いていると言えるだろう。

そして勇者パーティーに突っかかってきたことも数え切れないほどあり、過去に何度もいがみ合ってきた険悪な仲だ。

だからこそ魔王討伐の祝賀会の会場に、彼女とその仲間たちがいることに驚きと違和感を覚えた。

「なぜここにって、それは当然勇者様たちの健闘を称えに来たからに決まってるでしょ。そのための祝賀会なんだし」

タフタはクスッと微かな笑みを浮かべて、手に持っていたグラスにおもむろに口をつける。

そんな彼女に対して、賢者ビエラが眼光を鋭くしながら言った。

「おもしろくもない冗談ね。あれだけ私たちの邪魔をしてきたあなたたちが、この期に及んで健闘を称えるですって？　なにか裏があるとしか思えないわ」

タフタたちは勇者パーティーの冒険を何度も妨害してきた。

冒険者依頼を横取りされそうになった回数は数え切れないし、地下迷宮で鉢合わせた際は魔物の大群を押しつけられたこともある。

勇者パーティーのメンバーたちが快くない反応を示すのも至極当然だった。

同じくタフタのパーティーと良好な関係ではないツイードたちも、苛立《いらだ》っているような表情を見せる。

それでもタフタは愉快そうに話し続けた。

「裏なんてなにもないわよ。魔王討伐で先を越されたのは確かに悔しいけれど、世界が平和に導かれたことを祝福しているのは本当のこと。競争だってもう終わったんだし、これからは無駄に争う必要もないんだから」

タフタはワインが入ったグラスを手に持ち、ブロードが持つグラスに軽く打ちつける。

同時に「おめでとう」とブロードに囁《ささや》くと、頬に不敵な笑みを浮かべた。

話は本当にそれだけだったようで、タフタは仲間を引き連れてその場を立ち去ろうとする。

そのことに安堵を覚えかけたブロードだったが――。

「ところで……」

不意にタフタが、意味深な笑みを浮かべながら問いかけてきた。

「あの役立たずの道具師はどうしたのかしら？」

「――っ！」

ブロードの頭に熱が走る。

同じく他のパーティーメンバーたちの表情も、途端に険しさを増した。

「会場で姿を見かけていないけど……。あっ、もしかして魔王との戦いで死んじゃったとか？」

「…………」

嘲笑《あざわら》うようなタフタの甲高い声と、同調するようにクスクスと笑う彼女の仲間たちを見て、ブロードは密かに唇を噛みしめる。

そんな彼に追い打ちでもかけるかのように、タフタはさらに続けた。

「それともそれとも、まさか魔王と戦うのが怖くて逃げ出しちゃったとか？　まあ明らかにひとりだけ実力が伴ってなかったものね」

「……黙れ」

「だから魔王討伐の祝賀会に参加していなかったのね。怖くて逃げ出した臆病者が祝賀会に参加するなんて烏滸《おこ》がましいにもほどがあるものね。でもよかったじゃないの……」

タフタは悪意に満ちた微笑を湛《たた》えながら、的確にブロードの感情を煽る言葉を送った。

「あの腰巾着がようやくパーティーから離れてくれて。あなたたちも清々したんじゃないの？」

「――っ！」

耐え切れなくなったブロードは、掴《つか》みかかろうとした。

そこを仲間のビエラが腕を掴んで、彼の怒りを寸前で制止する。

フェルトのことを侮辱された怒りは、彼女も同様に感じていたが、冷静さを崩さずにブロードに囁いた。

「ここで手を出せば、祝賀会の雰囲気が台無しになってしまう。せっかく築いたあなたの英雄像だって崩れてしまうわ。だからお願い、ここは抑えて」

「…………すまない」

ビエラのおかげで徐々に怒りが収まっていき、ブロードの体から力が抜けていく。

気持ちが落ち着いてきたところで、ブロードは遅れてタフタの思惑を悟った。

タフタは魔王討伐を祝福するためにここに来たのではない。

勇者ブロードの印象を悪くするために、わざと挑発しにきたのだ。

たびたび勇者パーティーに絡んできたのは、ブロードたちの活躍が妬ましかったからで、魔王討伐の成功によって脚光を浴びている姿が一層憎たらしいと思ったのだろう。

だからこちらから掴みかかるように挑発をしてきて、勇者パーティーの印象を悪くしようとしてきた。

そんなわかり切ったことに気付かず、我を忘れてまんまと罠《わな》にはまりそうになってしまったことを情けなく思ってしまう。

一方で挑発が不発に終わったタフタも、つまらなそうにため息をついた。

そしてなにも言わずにその場から立ち去っていく。

張り詰めていた空気が和らぎ、皆の表情から強張りがなくなると、ツイードが吐き捨てるように言った。

「チッ、相変わらず感じ悪い奴だぜ、タフタ・マニッシュ。俺らのパーティーだって何度もこんな風におちょくられてきたからな。ま、あんま気にすんなよブロード」

「……あぁ」

本当は言い返してやりたかった。

道具師のフェルトは魔王討伐において確かな功労者だったと。役立たずや腰巾着などではないと。

彼がいなければ絶対に魔王討伐を成功に導くことはできなかったのだから。

他の仲間たちも同じ気持ちだったが、それでもフェルトの意思を尊重して誰もなにも口にしなかった。

変に彼が目立つことになるのは避けたかったし、なによりそれが彼の望みでもあるから。

そんなわずかなトラブルはあったものの、祝賀会の時間は滞りなく進んでいき、やがて終わりを迎える。

そして勇者パーティーは、名実ともに世界を平和へと導いた英雄となったのだった。

第二章　始まりの町と思い出の味

気ままな異世界旅へ出発して、一週間半が経過した。

俺は故郷で再会した白狼のピケと共に、今はストライブという町を目指して進んでいる。

ストライブはトップス王国の北部に位置し、駆け出し冒険者が集まることで有名な場所だ。

別名『始まりの町』とも呼ばれており、俺も冒険者になった当初はブロードと一緒によく世話になった。

格安で泊まれる宿屋、銅の剣や木皮の鎧を揃えた武器屋、手頃な依頼ばかりが寄せられる冒険者ギルド。

まさにゲームで言えば序盤の町と呼んで差し支えのないその場所に、今さら向かっている理由は……。

「あっ、見えてきたぞピケ」

草原の道を歩いていると、やがて石の壁に囲われた懐かしい町が見えてきた。

まだ若干の距離があるけれど、ここからでも町の喧騒《けんそう》が聞こえて人々の賑わいが窺える。

ピケはその気配を感じ取ってか、物珍しそうに遠くに見えるストライブの町を眺めていた。

一度にたくさんの人と出会うのは初めてだろうから、喧騒が気になるのかな。

少し気持ちも高揚したのか、白毛に覆われた尻尾がぶんぶんと風を切っている。

「あそこが俺とブロードが最初にお世話になった町だよ。ここで食べた冒険者定食がどうしても忘れられなくてさ」

思い出しただけで唾《つば》を飲み込んでしまう。

そう、ストライブの町を最初の目的地に選んだのは、駆け出し冒険者の頃に何度も口にした冒険者定食をまた味わっておこうと思ったからだ。

その定食は、特別な食材はなにも使っておらず、むしろ駆け出し冒険者を思って安い食材だけで作られていた。

比較的安価な鶏肉のソテー、腹持ちがいい芋のフライ、新鮮なサラダに焼き立てのパン。

味よりも安さを重視したようなメニューだったが、それでも当時、汗水流した後に食べたその定食は、どんな高級料理よりも骨身に染みて思い出深い美食として記憶に焼きついている。

だから魔王討伐の旅が終わったら、きっとまた食べに来ようと前々から思っていたのだ。

かねてよりの願望がいよいよ叶うことになり、足を速めてストライブの町に駆け出そうとしたが……。

「あっ、そうだ」

俺はふとその足を止めて、別の方角へと視線を移した。

同時に後ろからついてきていたピケもピタッと立ち止まり、わずかに首を傾げる。

「町に行く前に、ちょっと森の方へ寄っていこうか。素材とか拾っておきたいし」

旅中の生活費は、道具師として作った道具を売って稼ごうと考えている。

そのためには道具作りに必要な素材を、各地で採取しなければならないのだ。

現在の手持ち資金は、正直心許ない。

魔王討伐の際に皆で準備資金を出し合ったり、故郷のチェック村に帰るまでの交通費もそれなりにかかったし、魔王との戦いで道具もほとんど使い切ってしまった。

残されたお金だけでは、おそらく格安宿に一週間も泊まれないだろう。

手持ちの道具を売れば懐を潤すことはできると思うが、貴重な素材を使ったものばかりのためあまり売りたくない。

なので、今からでも少しずつ貯金を増やすために、素材採取をして道具をたくさん作っておこうと思った。

というわけでいったん、ストライブの町ではなくその近くの森へと向かうことにする。

ほどなくして到着し、これまた懐かしい景色に感慨深い気持ちになった。

「ここも懐かしいなぁ」

とてつもなく広大な森だが、駆け出し冒険者に適した小さくて脅威性の低い魔物ばかりが現れる場所。

ストライブの町で冒険者になったらまず初めに、この場所で魔物との戦い方を学ぶ。

俺とブロードも最初は右も左もわからない状態でこの森に入って、弱い魔物と戦い少しずつ強くなったものだ。

……いや、ブロードは元から強かったから、少しずつ強くなっていたのは俺だけだったかな。

勇者の天職を持っていて才能に溢れていたあいつは、初日から駆け出し冒険者とは思えない活躍を見せていた。

初見では苦戦するはずの森の魔物も、経験不足を補って余りある才能だけで易々《やすやす》と返り討ちにしていた。

そしてすぐさまブロードの噂は駆け出し冒険者の町ストライブで広がって、異様に注目されていたっけ。

そんなブロードに追いつきたくて……お荷物になりたくなくて……必死にこの辺りの素材をかき集めて、色んなパターンの調合を試した。

だからこの辺りで採取できる素材に関しては、他の誰よりも熟知している自信がある。

「おっ、清香草かぁ。まだこの森で群生してるみたいでよかった」

見慣れた素材が落ちているのを発見して、俺は慎重にそれを採取する。

するとピケが、俺の持っている青白い草が気になったのか、鼻を近付けてすんすんと香りを嗅《か》いできた。

清香草からは爽やかな香りがするのでそれに釣られたのだろう。

次いでピケは不思議そうに首を傾げたので、伝わらないと思ったけど教えてあげることにした。

「これは傷薬に使える素材だよ。これに浄雨茸を合わせて調合すれば安らぎの良薬になるんだ。まあそれだけだと痛み止め程度の効果しか出ないけどね」

チェック村への帰路の途中、行商人と思しき怪我人を助けてあげたことを思い出す。

その時に渡した傷薬がまさに、この清香草と浄雨茸で作った安らぎの良薬である。

まああの時渡したものは、瑠璃鳥の羽っていうレア素材も一緒に調合した特別製で、治癒効果を飛躍的に向上させたものだけど。

清香草は安らぎの良薬以外にも使い道があり、多くの人たちが求めて採取に来るので、採りすぎには注意してほどよいタイミングで切り上げる。

続いて少し進んだ先に、強風によって逆さまに開いてしまった傘のようなおもしろい形の茸《きのこ》が生えている地帯を発見した。

これは浄雨茸で、これもまた様々な道具の素材になってくれる。

そのため採りすぎない程度に採取をすることにした。

ピケもどうやら俺がこの辺りの素材を集めているのだと理解したようで、浄雨茸を見つけては銜《くわ》えて持ってきてくれる。

「ありがとうピケ。おかげでもう随分と集まったよ」

浄雨茸の採取もこのくらいにしておこうかな。

するとピケが、銜えて持ってきた浄雨茸を不思議そうに見つめていたので、相変わらず言葉が通じるかはわからなかったけれど説明してあげることにした。

「この茸は逆さ傘みたいな形になっているのが特徴的で、そこに雨水が溜《た》まるようになってるんだ。それが特殊な柄部分を通してろ過されて、膨らんだ石突き部分に綺麗《きれい》な水が貯水されるようになってるんだよ」

いわばこれは天然のろ過装置だ。

人が手を加えることなく、綺麗な水を作り出すことができるありがたい茸である。

綺麗な水は様々な道具の調合に使えるだけでなく、薬の製作には欠かせない素材で、薬師たちもこの浄雨茸にはたびたびお世話になっていると聞く。

浄水を取り出した後は茸は再利用不可となるが、柄部分を除いて綺麗に洗えば美味しく食べることもできるためエコな面もある。

特に香辛料を振ってバターと塩で焼いたらおかずに最適だ。

それでいて繁殖力も凄《すさ》まじいため、汎用性《はんようせい》と利便性が高い優秀な素材となっている。

と、そこまで説明してもピケは首を傾げているだけで、やっぱり伝わらないかと俺は苦笑を浮かべた。

次いで日が落ち始めた空を見上げてピケに告げる。

「さて、そろそろ町に向かおうか」

素材採取は充分にできた。

清香草と浄雨茸がたくさん手に入ったので、安らぎの良薬を大量に生産できる。

けどただの安らぎの良薬だと、そこまでの買値はつかないよなぁ。

やっぱり瑠璃鳥の羽みたいなレア素材を加えて治癒効果を底上げしたり、なにか特殊な効果を持たせたりしないと高値はつかないと思う。

となればもう少し散策して、別の素材も探した方がいいだろうか。

なんて思っている最中のこと。

突然後ろから、ガサッと草木が揺れるような物音が聞こえた。

「——っ!?」

完全に油断していた俺は、息を詰まらせながら咄嗟《とっさ》に振り返る。

するとそこには……。

「……トレントか」

動く樹木が立っていた。

木の根を足のようにして動かして歩行を可能にしている樹木の怪物。

幹からは両腕のように、二本の太い木の蔓《つる》が伸びていて、鞭《むち》のようにしなっている。

あの木の蔓を自在に動かして攻撃してくるのが特徴的で、この森ではよく見かける魔物だ。

体の大きさが長身男性の背丈を超えるほどで、一見すると恐ろしい魔物に見えるが一応弱い部類に数えられる。

最低限の装備さえ揃えていれば大怪我を負うことなく、松明程度の炎だけでも充分に討伐が可能だから。

そのため俺は焦りかけていた気持ちが収まり、自分を戒めつつ腰からナイフを抜く。

今の俺でも、簡易的な装備だけで充分に倒せる魔物だ。

貴重な道具を使う必要もないだろう。

「ピケ、少し下がってて。すぐに終わらせるから」

そう言いながら早々にトレントを討伐するために足を踏み出しかける。

いくら危険性が低い魔物だからって、ピケが怖がってしまってはいけないと思い早期討伐を心がけることにした。

すると、次の瞬間――。

「グウゥ……！」

驚いたことに、いつも温厚で静かなピケが、唸《うな》り声を出し始めた。

いつの間にかトレントを睨《にら》みつけながら前傾姿勢になっている。

てっきり怖がっているものかと思っていたので、ピケの様子の急変に驚愕している最中――。

ズバッ！！！

目の前からピケが消え、同時にトレントの体が真っぷたつになった。

「……えっ？」

上半身と下半身に分かれた樹木の怪物は、ドサッと地面の上に力なく倒れる。

次いで魔物特有の消滅現象が起きると、その後方にいつの間にかピケが立っていることに気が付いた。

わずかに上がっている右前脚から、鋭い爪が覗いている。

「もしかして今の、ピケがやったのか……？」

ピケはこちらを振り返ると、おもむろにテッテッテッと歩いてきた。

そして頭を俺の右手にぐりぐりと押しつけてくる。

まるで撫でて、褒めてと言わんばかりに。

やっぱり今のはピケがやったことなんだ。

ただの狼ではないと思っていたけど、まさか魔物を一刀両断にするなんて。

しかも勇者や他の腕利き冒険者たちの動きを見慣れている俺ですら、目で追い切れないほど素早い動きだったぞ。

「ピケ、こんなに強かったんだ……」

改めてピケの特異性に驚愕を覚える。

ピケはいったいどういう存在なんだろう？

人間に敵対心を抱いていないことから、魔物とは違う生き物だとは思う。

かといって普通の狼とは思えない力も持っているし、頭だってかなりいい。

本当に何者なんだ？

と不思議に思っている間も、ピケは頭をぐいぐいと押しつけてくる。

その仕草がかわいらしくて、もふもふ柔らかい感触が手に伝わってきたので、まあなんでもいいかと俺は自己完結させた。

ピケはピケだ。かわいくて人懐っこくて、それでいて頼もしい相棒ということである。

魔物討伐まで手伝ってくれるなんてありがたい限りだ。

まあここは異世界だし。まだ見知らぬ特殊な種族の生き物がいても不思議ではないから。

ともあれ危険も去ったので、今度こそ町に向けて歩き始めようとしたその時――。

「んっ？」

ピケが倒したトレントがいた場所に、なにかが落ちているのを見つけた。

それは一枚の黄金色に輝く葉っぱだった。

これは……。

「あっ、奇《き》怪樹《かいじゅ》の葉だ」

トレントからごく稀《まれ》に入手することができる残存素材。

魔物は絶命すると体が消滅する。

しかしたまに著しく生命力が偏った部位や、強い力が宿った体の一部が現世に残されるようになっているのだ。

それらは武器や薬、道具の素材として大変有用であり、総じて『残存素材』と呼ばれている。

そして今ここに落ちている奇怪樹の葉は、残存素材の中でも特に入手が困難なレア素材のひとつとして数えられている。

……けど、俺の場合はストライブの町で活動をしていた頃、割と頻繁に入手できていた。

最近はトレントと戦う機会自体が少なくなっていたので見るのは久々だけど、そういえばこの素材にはよく助けられていたっけ。

目を引く見た目の黄金色の葉に興味が出たのか、ピケがくんくんと匂いを嗅いでいる。

「その素材は安らぎの良薬の調合に加えると、治癒効果の底上げと身体能力向上の効果を付与することができるんだ」

同じレア素材の瑠璃鳥の羽も、安らぎの良薬の治癒効果を底上げしてくれるけど、奇怪樹の葉はそれに加えて服用者の身体能力まで強化してくれる。

しかもこの素材ひとつで、強化された安らぎの良薬を五つ分調合できるのだ。

この辺りで入手できる素材の中では群を抜いて有用性が高いと思う。

駆け出し冒険者の頃はよくこの素材を集めて、加工や調合を色々と試したっけ。

レア素材は入手できる機会が非常に少ないため、有効的な利用方法や適切な加工方法が確立されていないことが多い。

だから奇怪樹の葉を手に入れても、無駄にしてしまう生産職の人間が大半なんだとか。

けど俺の場合は運がよくて、この素材を頻繁に手に入れることができたから、価値ある利用方法や加工の仕方を充分に心得ている。

「奇怪樹の葉は一度熱を通してしんなりさせてから、空気にさらして乾燥させるんだ。それを何度か繰り返すと、中の水分が抜けて細かい粉にすることができる。そうすると『奇怪樹の葉屑《くず》』って素材名に変わって、色んな道具の調合に使えるようになるんだよ」

ピケはきょとんと首を傾げた。

まあ、無理もないよな。こんな説明されてもわかるはずないだろうし。

でもなんか話しかけたくなっちゃうんだよなぁ。昔から実家のピッケとかにも、よく話しかけちゃうタイプだったし。

ともあれ貴重な素材も手に入ったことなので、今日はこれを使って安らぎの良薬の強化版を作ろうと思う。

それなら充分にいい買値がつくだろうし、懐もまあまあ潤うんじゃないかな。

できればまだまだトレントを狩って、奇怪樹の葉をたくさん手に入れたいところだけど、日も落ちてきたしピケの疲労も気になる。

今日のところはこのあたりでいいだろう。

「長い間歩かせちゃってごめんね。遅くなったけど町に行こうか」

ピケは頷きを返すように純白の尻尾をぶんぶんと振り、一緒に森の出口に向かって歩き始めた。

完全に日が落ちる前に森を出ることができて、再びストライブの町の景色が見えた。

すでに街灯がついていて、賑やかな町の雰囲気が離れたところからでも伝わってくる。

さあようやくのことで第一目標の町に入れるぞ、と喜び勇んで駆け出そうとしたが、またしても俺は町に向かう足を止めてしまった。

「そういえば、ピケのことどうしよう……」

名前をすっかり覚えてくれたのか、反応したピケの耳がピクッと動く。

呼んだわけじゃないよと軽く頭を撫でながら、今さらながらの深刻な問題に俺はしばし逡《しゅん》巡《じゅん》する。

さすがに町の中だと、ピケのこの姿は目立ってしまうよな。

大型犬よりさらにひと回りほど大きなサイズ。下手したら俺を乗せて走り回れるくらいの余裕まである。

新雪を思わせる純白の獣毛は光を反射するように輝いて見え、立ち姿だけで言い知れない凛《り》々《り》しさを感じる。

そんな白狼が町中を堂々と歩いていたら、注目の的どころか明日の情報誌の一面を華々しく飾ることはまず間違いあるまい。

町の中で人間以外の動物を見ないかと言えばそういうわけではなく、荷車を引く馬や野良猫なんかはしょっちゅう見かける。

けどそれらの動物と比べて、ピケはあまりにもなんか……神々しすぎる気がするのだ。

ただでさえ勇者パーティーにいた道具師と知られたくないので、どうにかして目立たない方法を考えないと。

「町の外に置いてけぼりは、さすがにかわいそうだしなぁ……」

俺は顎に手をやって、ピケを見つめながら思考を巡らせる。

その視線を受けて、ピケは不思議そうに首を傾げていた。

大きな体が問題なら、体を小さくする道具でも作るか？

いやでも、そんな便利な道具をパッと作り出せるほど、俺の力は万能ではない。

道具師として技術を高めたとはいえ、万物を創造できる神様になったわけじゃないから。

一応、姿を薄くして周りから見えづらくする外套《がいとう》や、短時間ながら透明化できる薬なんかは素材があれば調合できるけど、それも一時しのぎにしかならない。

今後もピケと一緒に町に立ち入る機会は何度も訪れるだろうし、これは根本的な解決を図らなければいけない問題だ。

「うーん、どうしたもんかなぁ」

……と、頭を悩ませながら立ち尽くしている最中のことだった。

ピケが不意に、意味ありげに目を合わせてきて、次の瞬間全身から白い光を放ち始めた。

「えっ……」

やがてじわじわと光の中のシルエットが縮んでいく。

そして光が収まると、そこには子犬サイズになったピケがいた。

「そ、そんなこともできるの……？」

ピケは小さな足をトテトテと動かして、俺の足元に近付いて体をすり寄せてくる。

その愛らしい動きについ気持ちが昂《たかぶ》り、俺はミニピケをそっと抱き上げた。

すごい、本当にピケが小さくなっている。

外見はほとんど白柴の子犬にしか見えないぞ。

これなら町の中に入ってもまったく目立つことはなさそうだ。

もしかして困っている俺を見かねて、状況を理解して体を小さくしてくれたのかな？

という心の中の疑問に頷きでも返すかのように、ピケはペロッと俺の頬を舐《な》めてきた。

「賢いな、ピケは」

というか本当にすごい種族だな。

魔物を倒す力を持っているので、ただの狼ではないと思ったけど、よもや体の大きさを自在に操れる能力まであるとは。

これは非常に助かる。

俺は小さくなったピケを抱えたまま、今度こそ町に向かって歩き出した。

そして変に注目されることもなく、町の門を潜《くぐ》ることに成功する。

まあ、傍から見たら本当にただの白い子犬だからな。

こうして抱えていると、まさに前世の実家で飼っていた白柴のピッケをより彷彿《ほうふつ》とさせる。

あまり大人しい性格ではなかったので、十秒ほど抱っこしていたら『下ろしてー！』と言わんばかりに足をジタバタさせていたけれど。

そんなことを思い出しながら久々にストライブの町を歩いていると、当時の記憶が鮮明に蘇《よみがえ》ってきた。

『フェルト、早く討伐依頼に向かおう！　こうしている間にも魔物に困っている人たちが大勢いるんだから』

『落ち着けよブロード。慌てて俺らが怪我したら元も子もないだろ』

この町の大通りを、当時十二歳だった俺たちはよく駆け回っていた。

冒険者になったばかりで気合の入っていたブロード。そのブロードを落ち着かせるために呆れながら追いかけていた俺。

ブロードは駆け出し冒険者として飛躍的な躍進を遂げていたが、活躍するのが目的ではなく、どちらかと言えば誰かの助けになれるのが嬉しくてたくさんの依頼を受けていた。

そしてふたりしてへとへとになって帰ってきてから、食堂に駆け込んで部活直後の男子高校生ばりに、冒険者定食にがっついていたものだ。

その思い出の味を再び味わうために、このストライブの町にやってきたので今からすごく楽しみである。

ただその前に今夜の宿を取って、寝床を確保しておこうと思った。

ピケもいるので、小さなペットなら大丈夫という宿を探して回る。

すると思いのほかすぐに見つかり、ついでに近くに道具や素材の買い取りをしている買取屋もあった。

明日にでも安らぎの良薬を調合して売りに行けるように、今のうちに奇怪樹の葉の乾燥を進めておくことにする。

その準備を終えてから、俺はピケを連れてくだんの食堂へと向かうことにした。

ほどなくして到着し、久々に見る看板にジンと胸が熱くなる。

【小鳥たちのさえずり】

当時この食堂の女主人であったメルトンさんから、お店の名前の由来を聞いたことがある。

駆け出し冒険者たちを〝小鳥たち〟と称し、彼らの愉快な話し声がいつまでも響いていますようにという意味で付けた名前だそうだ。

その想いが通じてか、今でもこの食堂には多くの駆け出し冒険者たちの姿が見えて、皆一様に愉快そうに笑いながら食事を楽しんでいた。

そんな様子を外から眺めていると、お店の中から香《かぐわ》しい料理の香りが漂ってくる。

ピケもすっかり空腹なのか、俺の腕の中で鼻をすんすんと動かしながら、尻尾を陽気に振っていた。

ちなみにピケは人間の食べ物でも喜んで食べてくれる。

多分同じものを食べても大丈夫な種族だろうけど、一応健康に気を遣って味付けの薄いものを食べさせるように心がけてはいる。

果たしてそれで栄養が足りているのかは定かではないけど、見た限り栄養不足の様子もないのでまあ大丈夫だろう。

それから俺は足早に食堂の中へ入ると、カウンターに空いている席を見つけてそこに座る。

そういえば動物を連れて入っても大丈夫だったっけ?と思って店員さんに確認するよりも先に、カウンターの奥から女性店員さんに声をかけられて結果的に遠回しな了承を得られた。

「ご注文はお決まりですか？　ワンちゃん用のお肉もご用意できますよ」

「じゃあそれと、冒険者定食ひとつで」

「かしこまりました。少々お待ちください」

女性店員さんはそう言って厨房《ちゅうぼう》の方に戻っていく。

俺は膝の上に乗せたピケに、人知れず「よかったね」と声をかけた。

それからほどなくして、注文した料理が運ばれてくる。

「お待たせしました、冒険者定食とワンちゃん用のお肉になります」

カウンターの卓上に置かれたのは、まさしく俺が『また食べたい』と思っていた当時のままの冒険者定食だった。

最後に食べたのは今からおよそ六年前だというのに、記憶に焼きついている献立のままで思わず感動を覚えてしまう。

なんて密かに思っていると、膝の上に乗せたピケがワンちゃん用のお肉を見つめながらごくりと喉を鳴らしていることに気が付いた。

すごく我慢している様子。俺からの許しをジッと待っているのだろう。

感慨にふけっていたあまりお預けをさせてしまい、申し訳ない気持ちでピケに言った。

「じゃあ食べよっか。いただきます」

そう言うと、ピケはお皿に口先を突っ込んでもごもごと食べ始める。

それを眼下に見ながら、俺も出された冒険者定食に手をつけることにした。

まずは鶏肉のソテーから。じっくり焼かれた鶏肉に爽やかな風味のソースがかかっていて、皮目もパリッとしているから食欲をそそる。

次に芋のフライ。外側はざっくり中はホクホクと、まるで揚げたてのハッシュドポテトのような食感と食べ応えだった。

続いて焼き立てのパン。香りが立っていてもちもちふわふわとした食感で、ソテーにかかっているソースをつけて食べるとなお美味しく感じる。

付け合わせのサラダも新鮮そのもの。

そしてとにかくすべてがでかい。

食い切れるもんなら食い切ってみなと言わんばかりの特盛定食だ。

普段の状態で見ると、とても食べ切れる気がしない量だけど、汗水垂らして依頼を終わらせた後、この食堂に駆け込んで来るとちょうどいい量に見えてくる。

そして毎回、貪《むさぼ》るように食い尽くして、明日のための血肉になっていたのは本当にいい思い出だ。

今日はそこまで腹を空かしていたわけではないので、さすがに多すぎる気がしたけど、ぎりぎりでなんとか完食に至る。

ピケも綺麗にお皿を空にして、ふたりして心地よい眠気と満足感に浸っていると、不意に厨房の方から出てきた人に声をかけられた。

「おや、どっかで見た顔だね」

「んっ？」

鍛え上げた成人男性並に大柄で、クリーム色の長髪を後ろで一本に結んだエプロン姿の女性。

わずかにできた小じわから歳のほどは四十から五十ほどに見える。

特徴的な外見のその女性店員さんを目にして、俺はぎょっと目を見開いた。

「メ、メルトンさん⁉」

六年前、俺とブロードがこの食堂でご飯を食べている時、よく話しかけてくれた男勝りな女主人。

お店の名前の由来も教えてくれたメルトンさんだった。

六年前とほとんど姿が変わらない。

それにまだこのお店の主人をやってくれていたんだ。

驚きのあまり固まっていると、メルトンさんは俺の顔をジッと見つめながら微かに顔をしかめた。

「あぁ、ちょいと待ってくれよ。もう喉元まで出かかってるから」

どうやら俺の顔に見覚えはあるが、正確なことまでは思い出せていないらしい。

まああれから六年経って、顔と体もそれなりに成長したからね。

しかしすぐにハッとなって、すっきりした顔で言った。

「そうだそうだ、あんた確か勇者の坊やと一緒にいた子じゃなかったかい？」

「…………」

やや周りにも聞かれそうなくらいの声量だったので、俺は思わず顔が強張る。

そしてつい気まずい顔をしながら周囲に視線を泳がせた。

すると今の声を聞いていた人はいなかったらしく、変に注目されていることはなかった。

その様子を見てか、メルトンさんが気遣うように声を落としてくれる。

「なんだい？　周りに知られちゃ少しまずいかい？」

「ま、まあ、はい……」

絶対にバレてはいけないというわけではないけど、やっぱり勇者パーティーにいた道具師だと周りには知られたくない。

王都で行われた祝賀会もつつがなく終えられたようなので、俺が諸事情でパーティーから抜けていることはすでに知れ渡っていることだろう。

影が薄いので気にかけている人は少ないかもしれないが、もしここで正体に気付かれたら、どうしてパーティーを抜けたのかなど無粋に聞いてくる人だっているかもしれない。

ということを理解してくれたのか、メルトンさんは声を落としたまま申し訳なさそうに頬をかいた。

「そいつは悪かったね。有名人と一緒にいた冒険者なんだから、もう少し気を付けるべきだったよ」

「い、いえ……」

「けどどうして周りに知られるとまずいんだい？　別に仲違いしてパーティーを追い出された

とかじゃないんだろ」

「えっ？　どうしてそう思うんですか？」

「勇者パーティーが魔王討伐に成功したって噂がこの町に流れてきて、まだ間もない。そんなタイミングで久々にあんたの顔を見たんだ。となればあんたも最後まで勇者パーティーの一員として戦って、この町に帰ってきたってことだろ？」

す、鋭いなこの人。

実際に俺は魔王討伐に参加して戦いの一部始終を見届けた。

確かにこの町に戻ってきたタイミング的に、俺も魔王討伐に参加したと考えるのが自然か。

「なによりあんたたち、仲がすごくよかったからね。喧嘩《けんか》別れするようなタイプじゃないだろ」

「俺たちのこと、そんなに詳しく覚えてくれていたんですか？」

「ハハッ、そりゃ当然だろ。うちの店でちょっとした騒ぎまで起こしたんだから」

「あぁ……」

そういえばそうだったと俺は遅れて思い出す。

俺とブロードは昔この店で、ちょっとした騒ぎどころか、割と大きめな言い争いをしてしまった。

より正確に言うなら、俺とブロードではなく、俺たちに話しかけてきた賢者ビエラ・ラギットとだ。

『勇者ブロード・レイヤード、あなたの活躍はすでに聞かせてもらっているわ。この賢者ビエラ・ラギットがパーティーに入ってあげてもいいわよ？』

この店でブロードと一緒に食事をしている時のことだった。

高圧的というかなんとも偉そうな態度で話しかけてきたのが、俺たちより歳が三つ上の、当時十五歳のビエラだった。

彼女は世界でごくわずかしか存在しない魔術師系統の天職の最高峰である【賢者】を授かった人物で、当時はまだ冒険者になって間もなかったが、ブロードと同じくその活躍を聞かない日はなかった。

そしてビエラは整った容姿でも注目されていて、多くのパーティーから勧誘を受けたと聞く。

しかし彼女は誰ともパーティーを組むことはしなかった。

話によれば、ビエラは平凡な天職しか授かっていない冒険者たちには興味がないと突っぱねたそうだ。

自分の才能を自覚しているからこそ、高飛車な性格に育ってしまい、同列の人間にしか興味がなくなってしまったものと思われる。

ゆえに期待の双星として並べて語られていた勇者ブロードには、逆に強い関心を示していた。

そのこともあってこちらのパーティーへの加入を提案してきたのだろうが、ブロードはビエラの誘いを断った。

理由は、その後に続けられたビエラの台詞が原因だった。

『そんな数合わせの道具師なんかとパーティーを組んでいないで、もっと相応しい人物とパーティーを組むべきだわ』

今の冷静沈着で周りへの配慮が行き届いているビエラとは思えない台詞である。

しかし当時十五歳で高飛車だったビエラは、実際にそんな言葉を放ってブロードを怒らせてしまった。

『相応しい人物とならすでにパーティーを組んでいる。君こそこのパーティーに相応しくない人物だと僕は思うけどね』

あいつは俺のために怒ってくれて、ビエラと激しい口論まで繰り広げた。

この店でちょっとした騒ぎを起こしたというのはこの出来事である。

その後、ビエラは負けず嫌いなこともあってか、来る日も来る日も諦めずに俺たちにパーティー加入の提案をし続けてきた。

最終的には俺を侮辱したことを謝り、勇者パーティーで最初の仲間になってくれたわけだけど、あの時はブロードもビエラもまだまだ若かったなぁと感慨深く思ってしまう。

今ではビエラは、旅の中で成長したことで高飛車だった性格もすっかり落ち着いて、勇者パーティーで参謀やら歯止め役を担うまでになっているからな。

「あの時は申し訳なかったです。お店の中で言い争いをしてしまって」

「いやいや、別に謝ってもらおうと思ってこの話を持ち出したわけじゃないよ。それに店の営業の妨げになる騒ぎは勘弁だが、あれはあれで駆け出し冒険者たちらしい若々しいさえずりだったからね」

メルトンさんは嬉しそうに微笑みながら、お店の看板がかかっている方に目をやる。

駆け出し冒険者たちが集うこの食堂で、長年主人を務めているから、あのような言い争いはもう幾度となく見てきたのだろう。

彼女はニカッと豪快な笑みを浮かべて言った。

「またあの坊やを連れてうちに来なよ。腹いっぱい飯食わしてやるから」

少しだけ、駆け出し冒険者の頃の新鮮な気持ちを思い出し、俺は「はい！」と力強い頷きを返したのだった。

冒険者定食を食べ終わり、ストライブの町にやってきた目的を果たした。

次の目的地は決めていないけれど、とりあえずは道具師として色々な道具を手掛けてみたいから、素材が豊富な土地に向かおうと考えている。

数千種類の薬草が群生している森林地帯『モアレ地方』。隣国にある特殊な魔力が宿った水源を保持している水の都『バブルドット』。魔物だらけだが様々な鉱石が採掘できる遠方の鉱山『ヒッコリー山』。

どの土地もすごくワクワクさせてくれる要素ばかりだ。生産職の人間であり元クラフトゲーオタクの俺としてはまさに宝の山。

まだ見たことない素材を採取して、色々なかけ合わせを試して、新しい道具を次々と生み出していく。これこそクラフトゲーの醍醐味《だいごみ》。

せっかく異世界に来て道具師という天職を授かったからには、この力を全力で楽しみたい。

まあそのための旅費を稼がなければいけないので、しばらくこのストライブの町を拠点に資金調達をする必要があるけど。

というわけで、俺は翌日から道具作りとその売却を行うことにした。

昨日手に入れた奇怪樹の葉を素材に安らぎの良薬を製作し、宿屋近くの買取屋に持っていく。

しかし、ここでひとつトラブルが発生した。

「ひとつ五十クローズだねぇ」

「えっ⁉」

買取屋の主人であるおばあさんに傷薬の鑑定をしてもらうと、なんと五十クローズという金額を提示された。

これは普通の安らぎの良薬ひとつと変わらないくらいである。

レア素材を使って作った特製の傷薬のはずなのに、激安の定食をぎりぎり食べられるかどうかという金額にしかならないなんて。

「ど、どうしてその値段なんですか？　とてもいい素材を使っていて、治癒効果も上がっているはずなんですけど……」

「うぅーん、私の鑑定魔法だと、ただの安らぎの良薬にしか見えないからねぇ。相場の五十クローズしか出してあげられないんだよぉ」

買取屋のご主人は細々とした声で申し訳なさそうに言ってくる。

このおばあさんは【鑑定師】の天職を持っているらしく、道具や武器の性質を見抜く鑑定魔法が使えるらしい。

それを生かして買取屋を営んでいるようだが、俺の作った特製の傷薬は性質を見通すことができないようだ。

確か鑑定魔法は複雑な道具や武器ほど、見抜くために魔法の練度が必要になると聞いたことがある。

どうやらレア素材を使って性能を底上げしても、おばあさんの鑑定魔法ではそこまで見抜けないらしい。

「実際に薬の効果を試そうにもねぇ……」

「まあ、それは難しいですよね」

傷薬の性能を治験するなら、相応の怪我人が必要になる。

都合よくそんな人物がいるはずもないし、自分で自分を傷つけて効果を実証しようにもさすがに怖さが勝る。

この特製の安らぎの良薬を正しく鑑定してもらうのは難しそうだ。

「すまないねぇ。私の腕が鈍いばっかりに」

「いやいやそんなことは……！」

俺が複雑すぎる道具を持ち込んでしまったのがいけないのだ。

道具を高値で買い取ってもらうには、もっといい素材や道具が出回っている場所で鑑定してもらうしかないらしいな。

できればここで買い取ってもらって、旅費の足しにしたかったけど。

「どうしてもって言うんだったら、あまり高い金額をつけることはできないけど、ひとつ百クローズでどうだい？」

「そ、そうですね……」

百かぁ……。

正直、割には合っていないと言える。

低く見積もってもこの傷薬は、強力な治癒性能と身体強化の効果が宿っていることから五百クローズは固いだろう。

それでもだいぶ譲歩している方なので、俺が百クローズで渋っているのも仕方がないことだった。

ただまあ……。

「……じゃあ、ひとつ百クローズでお願いします」

「はいよ」

俺はその金額で手を打ち、今回作ってきた五つの傷薬を合計五百クローズで買い取ってもらったのだった。

希少な素材を使っていることから、本当に割には合っていない。

けど少なくとも旅費の足しくらいにはなるし、俺の場合はレア素材がガンガン手に入る幸運体質なのでそこまでの痛手ではないのだ。

なによりここでこの傷薬を売れば、自ずとこの町で活動をしている駆け出し冒険者たちの手元に届くことになる。

この傷薬はきっと彼らの助けになるはずなので、役立ててもらえたらと思ってこの金額で手打ちにしたのだった。

せっかく鑑定して譲歩までしてくれたこの方にも悪いし。

まああまり貴重な道具を安値で売り続けたら、すでに築き上げられている色々な物の価値などが一変することになってしまうので、これからは控えるようにするけど。

それから俺は、レア素材を用いた高性能の道具はここでの売却に適していないと判断し、普通の安らぎの良薬で地道に資金を稼ぐことにしたのだった。

森で素材を採取して、薬を作って、買取屋に持っていく。

そんな生活を続けて早三日。

ストライブの町になにやら不穏な噂が流れているのを耳にした。

「あの買取屋で売ってた『聖なる秘薬』の出処はわかったのか？」

「んっ？」

冒険者食堂『小鳥たちのさえずり』で、相変わらず激安の冒険者定食を食べている最中のことだった。

隣の席で話をしているふたりの男性冒険者の会話が聞こえてきて、俺はふと耳を傾ける。

盗み聞きという悪趣味があるわけではなく、なんとなく頭に引っかかる会話の導入だったから。

「まだなんにもわかってねえよ。買取屋のばあさんも結構な歳だから、誰が売ったもんかもいまいち覚えてねえらしいし」

「まあ無理もねえか。だとすると直近で買取屋に出入りした奴らを片っ端から当たってくしかねえみたいだな」

おばあさんが営んでいる買取屋？

なんだろう、嫌な予感がする。

その予感が的中していると言わんばかりに、男性冒険者たちの口から驚きの事実を聞くことになった。

「驚異的な治癒効果に加えて、一時的とはいえ使った駆け出し冒険者たちを一級冒険者並に強くすることができる秘薬。俺もそれがあれば滞ってる依頼をまとめて片付けられるってのによ！」

「大勢の駆け出したちも同じことを思ってるだろうよ。つーかギルドでももうだいぶ噂になってるみたいだからな。出処がわかっても手に入れるのは難しいんじゃねえか」

「………」

俺は冒険者定食のパンを水で流し込むと同時に、密かに息をのむ。

それ、絶対に俺が作った薬だ。

この前買取屋に売った安らぎの良薬は、奇怪樹の葉を加えて作った特別製で、高い治癒性能と身体強化効果が付与されていた。

彼らが話している『聖なる秘薬』という物の特徴と完全に一致する。

なんだよ『聖なる秘薬』って……。

ていうかギルドでも噂になってるの？

「早いとこ製作者を突き止めて、秘薬を大量生産してもらうぞ」

「ギルドの連中もギルド専属として引き入れるために動いてるみたいだからな。正体を突き止めてその情報も高値で売ろうぜ」

男性冒険者のふたりはご飯を流し込むように食べ終えると、早々に食堂を後にした。

その姿を見送りながら、俺は人知れず冷や汗を滲《にじ》ませる。

これはどうしたもんか……？

まさかあの傷薬がそこまで話題になるとは思わなかった。

よもやギルドでも噂になって、製作者の捜索まで始まっているなんて。

これはひょっとしたらまずいかもしれない。

俺があの薬を作ったとバレたら少々面倒なことになってしまう。

同じ生産職の人間に、執拗に薬の作り方を聞かれたり……。

薬の効果を聞きつけた冒険者たちに、個人的な依頼を大量に出されたり……。

最悪、下手に注目されて勇者パーティーにいた道具師と正体を看破される可能性も……。

悠々自適で平穏な日々を送るためにも、聖なる秘薬の作り手が俺だとバレるわけにはいかないな。

「ピケ、ちょっと急いでご飯食べるよ」

そう言うと、俺は早々に定食を食べ終えて、同じタイミングで皿を空にしたピケと食堂を出た。

そして町の馬車乗り場に向かって歩き始める。

少し予定より早くなってしまったが、今日ストライブの町を離れようと思う。

買取屋に道具を売りに行くのももう難しいだろうし、あまりこの町に長居すべきではないと考えたから。

にしてもあの薬、そこまで騒がれるような性能をしていたのか。

自分の道具を勇者パーティー以外の冒険者に使ってもらうのって、なんだかんだ初めてのことだからあまり意識していなかった。

これからはもう少し慎重に自分の道具を売却したり、素性がバレないように立ち回ったりしないと。

ただ、俺は誰かに頼ってもらうこと自体は別に嫌なわけではない。

むしろ生産職として評価してもらえている現状については、人知れず嬉しく思っている。

しかし俺はあくまで気ままな異世界旅を満喫したいので、どこかの専属になったり個人的な依頼を引き受けたりするつもりは毛頭ないのだ。

「ピケ、またここに来ようね。今度はブロードと一緒に」

少しの間ではあったけど、道具作りと売却に注力したのでまあまあ懐も温まった。

これならそれなりに遠くの町まで充分行けるはず。

俺はピケと一緒に馬車乗り場に向かい、少々慌ただしくなってしまったが、第一の町であるストライブを離れたのだった。

閑話　勇者たちの軌跡

賢者ビエラ・ラギットは、道具師フェルト・モードが嫌いだった。

齢十五にして周囲から才覚を認められ、自尊心に満ち溢れていた彼女は、自分と同価値の人間としか手を組まないと心に誓っていた。

底辺の人間と一緒にいるだけで、築き上げた自分の価値が下がってしまうと考えていたから。

だから自分と同等の才能を持つ勇者ブロードに、パーティー加入の申請をしようと思ったのに、すでに彼の隣にはありふれた生産職の道具師がいた。

自分とは釣り合わない、才能がない側の人間だ。

ブロードはその道具師を数合わせの人員としてパーティーに入れているのではなく、ちゃんと仲間のひとりとして扱っていた。

ビエラはそのことをまるで理解できなかった。

そのため最初は、フェルトを切り捨てて自分とパーティーを組んだ方が有益だと説得した。

しかしブロードはそれに応えず、怒りをあらわにしてビエラを一蹴した。

それに対してビエラもムキになって、絶対にブロードと手を組んでやると勇んで、最終的にはフェルトを侮辱したことを嫌々謝罪した。

結果として勇者ブロードが率いるパーティーに加入を許されたが、その実フェルトの力を認めてはいなかった。

所詮は道具師。ただの数合わせ。隙を見てパーティーから追い出してやろうとまで考えた。

それから旅を共にする中で、フェルトと一緒に過ごしたビエラは、次第に心境に変化を生じさせる。

希少素材の扱いの知識。それを生かした道具作りの技巧。

規格外の性能を持った武器や薬、爆弾に罠など、フェルトはビエラの前でいくつも作り出してみせた。

ただの役立たずかと思っていたが、フェルトがただの道具師ではないことが少しずつ明らかになっていった。

しかしそれでもありふれた道具師というレッテルだけは剥がれることがないため、一緒にいることで自分の価値を低く見られてしまうのではないかという懸念は拭《ぬぐ》い切れないままだった。

そんなビエラの心境に最も大きな変革をもたらしたのは、聖騎士ラッセルを仲間にした時だ。

あれはビエラがブロードとフェルトの仲間になってから、ちょうど一年後のことである。

「本当にこんな平穏な山に恐ろしい魔物がいるのかしら？」

ブロード、フェルト、ビエラの三人が勇者パーティーとして名前が認知され始めてきた頃、彼らはある依頼を受けてトップス王国と隣り合っているインサイド王国の、辺境にある山を訪れていた。

山の名前はアーガイル山。

どうやらここに、人型の巨大な魔物——山奥の鬼人と呼ばれる存在が潜んでいるとのこと。

近くの村では鬼人を目撃した人が少なからずおり、怯えている村人たちのためにも討伐か追い払いを望む声が多い。

という事情があって冒険者ギルドに依頼が出されていたので、ブロードたちはその鬼人討伐のためにストライプ山に来たのだった。

ただ、自然豊かで小動物たちものびのびと過ごしている光景を見て、ビエラは拍子抜けしてしまう。

「怖がりな村人たちが見た幻覚とかじゃないでしょうね？」

「なにもなければそれはそれでいいじゃないか。争いごとはなるべく避けていきたいし」

「それだと私の実力を示すことができないじゃないの。勇者パーティーの存在だって、また一段と世間に周知できるチャンスだと思ったのに」

このインサイド王国には来たばかりで、他の国と比べて勇者パーティーの名前もそこまで知れ渡っているわけではなかった。

そのため記録に残るような魔物を討伐したとなれば、たちまちその評判は王国中に流れることになる。

まだまだ多くの依頼を受けて資金を調達したり、頼れる有望な人材が集まってきてくれたりするように、勇者パーティーの存在は周知していかなければならなかった。

という考えのもとでビエラがぼやくと、それに対して欠伸《あくび》交じりの間延びした声が返ってきた。

「まあまあ、ゆっくりやっていけばよくないか。生き急いだって無駄な怪我をするだけだしな」

緊張感なさそうにそう諭してきたのは、当時十三歳の道具師フェルトである。

いち早く活躍して、誰よりも先に魔王討伐を完遂させたいと思っていたビエラと彼は、性格的にもそりが合っていなかった。

ゆえに旅路では、いつも喧嘩ばかりである。

「私が私の落ち度で怪我するだけなら、別にあんたには関係ないでしょ、道具師。ていうかあんたは本当についてきてよかったのかしら？　危ないからひとりで山を下りた方がいいんじゃない？」

次いでビエラは嫌味っぽい笑みを浮かべてフェルトに言う。

「なんだったら、そのまま故郷に帰ったっていいのよ」

「ことあるごとに俺をパーティーから追い出そうとするな」

ビエラはいまだにフェルトをこのパーティーから追い出すことを諦めてはいない。

隙あらば底辺職の道具師を追い払って、自分が思い描くパーティーを築こうと考えている。

彼女の理想のパーティーは、勇者や賢者といった世界でも指折りの有能かつ希少な天職を持った、天才たちが集う精鋭集団である。

そこに道具師という不純物は邪魔でしかない。

と、毎度のことながらの言い争いに、リーダーのブロードは思わずため息をつく。

そんなやり取りをしながら山を進んでいくと、やがて木々に囲まれた鬱蒼《うっそう》とした場所に辿《たど》り着いた。

そこには小さな小屋があり、動物が穏やかな様子で暮らしている。

またもビエラが拍子抜けして肩を落としたその時、小屋の中からひとりの人物が現れた。

その者の姿を見た瞬間、三人は咄嗟に身構えてしまう。

二メートルを超える上背。鍛え抜かれた筋肉質な体。ツンと尖った緑色の短髪。なにより目を引くのは鋭い眼光と薄い眉の迫力のある強面。

しかしすぐに冷静になったフェルトが……。

「なんだ人間かぁ、びっくりしたぁ」

と呟き、遅れてブロードとビエラも強張っていた表情を解いた。

あまりの巨躯《きょく》と怖い顔立ちに、つい人外的な迫力を感じ取ってしまった。

するとその人物は、見た目に反して虫の羽音にも等しい、か細い声で尋ねてきた。

「ここに、なにしに来た」

その問いかけを受けて、気持ちが落ち着いたらしいブロードが返す。

「このストライプ山の奥に、人型の大きな魔物が潜んでいるって聞いて、僕たちはその討伐依頼を受けて来たんです。けど、もしかしてあなたが……？」

ブロードがまさかと思って聞くと、ここまで表情ひとつ変えなかった強面の男性は、心なしか落ち込んだような顔で頷いた。

「それ、多分俺だ。村の人間、俺を見て怖がる。だから俺、ここに住んでる」

詳しく話を聞くと、彼はラッセル・グランジという名前の、山奥で自給自足生活をしているただの巨漢だった。

しかし村の人たちはそうと知らず、山奥で彼の姿を目撃し、極めて強面なこともあって人型の魔物と勘違いしてしまったようだ。

いつしかその噂は村中に広がり、山奥の鬼人という名前まで付けられて噂話が確立されてしまったそう。

なんとも不憫《ふびん》な人物だとブロードたちは揃って同情した。

人里に下りて暮らした方が変な噂も立たないし、なにより楽なんじゃないかと問いかけてみると……。

「俺は、人に怖がられる。俺と、仲良くしてくれるの、動物だけ」

誰かを怖がらせたくないため、山奥で静かに暮らし続けているのだという。

それにここには仲良くしてくれる動物たちがいるから充分だとラッセルは語った。

実際に周りに小動物たちが集まってきて、非常に懐いている様子を見せてくれた。

ということで、山奥の鬼人はただの勘違いだったと、事件はあっさり解決した。

村にもそのように伝えることになり、これで受けた依頼については完全に解決したのだが……。

「あ、あなた聖騎士の天職を持っているの⁉」

話の中でラッセルが聖騎士であることが判明し、これにビエラが異常なまでの関心を示した。

そして思いもよらない提案をし始める。

「あなた、勇者パーティーに入りなさい」

これにはさすがにブロードとフェルトも目を丸くした。

あまりにも唐突すぎる提案だったため、ブロードが遅れて反応を示す。

「なんで勝手に勧誘しているんだよ。第一彼は冒険者じゃ……」

「だって聖騎士の天職なのよ。全天職の中でも屈指の頑丈さを持っていて、生身で火の海を渡れて、あらゆる毒にも耐性があるって言われている。そんな逸材を見つけておいてみすみす放っておくなんて、一線級のパーティーを目指している冒険者にあるまじき愚行だわ」

ビエラ渾身《こんしん》の熱弁。

しかも突発的な勧誘ではなく、きちんと理由のある提案だった。

「ついてきてもらえたら、確実に今後の戦いが楽になるわ。使えない道具師を連れ歩くより断然有意義よ」

「おい」

次いでビエラはラッセルが仲間になった後のことを妄想してか、顔をキラキラと輝かせた。

「それに、勇者と賢者と聖騎士の三人パーティーなんて、迫力が凄まじいじゃない！　これでまた一段と勇者パーティーの存在感が増して、より世間に認知してもらえるわ！」

「あのさ、ナチュラルに俺を省くのやめてね」

フェルトの冷静なツッコミに対して、ビエラはふんっと鼻を鳴らしてそっぽを向いた。

そんなやり取りの後に、ラッセルは無表情のまま、どこか申し訳なさそうに答え始めた。

「俺は、争いごと、嫌いだ。だから、冒険者にはついて行けない」

それに山の動物たちが心配だからと、ラッセルはきっぱり断ってきた。

それなら仕方ないかとブロードとフェルトはすぐに諦めようとしたが、ビエラは引き下がらずしばらくラッセルの説得をしようとブロードに強く提案した。

聖騎士が勇者パーティーに加わればさらに箔《はく》が付き、ありふれた生産職の道具師の肩身も狭くなるはず。

そうすれば自ずとパーティーから出ていってくれる可能性も出てくるため、ここで聖騎士を仲間にするのはビエラにとって、理想に近付く大きな一歩だった。

そんな思惑も露知らず、ブロードもパーティーに前衛を任せられる存在がいてくれた方が安心できると思い、三日間だけ説得に協力すると承諾した。

それから山奥で動物たちの世話を手伝いながら、ラッセルの説得が始まった。

冒険に出ればこんな楽しいことがある。あなたはここで埋もれていていいような存在じゃない。魔王討伐が叶えばトップス王国のジャカード国王様から可能な限りの褒美だってもらえる。

旅の魅力的な部分を全力で宣伝し、意欲をかき立てようと画策してみたが、ラッセルは最後まで仲間になることを選ばなかった。

約束の三日が過ぎると、さすがにビエラも諦めがついたらしく、勇者パーティーは聖騎士ラッセルの勧誘を諦めて、ストライプ山を立ち去ることにする。

しかしその時――。

「あれっ？　山の下から動物たちが……」

最初に気付いたのはビエラだった。

山を下ろうとした矢先、眼下に見える山道から、こちらに向かって走ってきている動物たちが見えた。

まるでなにかに追われているみたいに、とても焦っている様子で。

それを見た瞬間、ラッセルがハッと息をのんだ。

「ゴブリン集団……！」

このストライプ山には、たまに動物たちを狙ったゴブリンという下位の小人型の魔物が現れるそう。

動物の肉はゴブリンたちの食料になり、毛皮は奴らの衣服や寝床に利用されると聞く。

近隣の村にも被害を及ぼしている集団のため、討伐依頼も定期的に出されているが逃げ足の速さと身の隠し方が達者で、これまで駆除ができていないという。

動物たちの動揺を見てすぐにそのゴブリン集団の襲来を悟ったラッセルは、狩りを止めるために即座に動き出した。

ブロードたちも三日間とはいえ、一緒に過ごした動物たちを守りたくてラッセルの後に続く。

幸いなことに、その時はまだ狩りが始まったばかりで被害は出ていなかった。

加えて大型の動物たちが抵抗し、山の入り口でゴブリンの進行を妨げていてくれたおかげでブロードたちは無事に間に合った。

戦いについても特に問題はなく、勇者、賢者、聖騎士と才覚溢れた者が三人も集まっていたため早々にゴブリンの制圧に成功した。

残党たちは仲間がやられた姿を見て退却していく。

そうしてゴブリンの襲撃は何事もなく終わり、穏便に解決できた、と思ったその矢先……。

ビエラが、逃げ去っていくゴブリンを追いかけ始めた。

ここでゴブリン集団を完全に駆逐できれば、奴らに頭を悩まされ続けていた近隣の村の助けになり、その活躍が瞬く間に広まることになる。

勇者パーティーの名前をまた一層轟かせるチャンスと思ったビエラは、成果を得ようと前のめりになりすぎてしまった。

そして深追いした結果、不測の事態を招くことになる。

ゴブリンは小さな体に、成人男性並の身体能力を備えているというだけの、下位種の魔物として知られている。

だが稀に一部のゴブリンに特殊な能力が覚醒《かくせい》し、危機的状況を察知した際にその力が無自覚に放たれる。

その覚醒する能力というのは——自爆。

ゴブリンは自身の命を散らすことで、高熱の爆発を引き起こすことができる。

威力は高位の魔法使いが放つ火属性魔法にも匹敵するほどで、肉体の強度が低い天職かつ油断している者ならば致死は免れないだろう。

まさにこの時のビエラのように。

「——っ⁉」

背中を見せていたゴブリンの一体が、唐突にビエラの方を振り返り、迎撃する形で飛びついてくる。

刹那《せつな》、その小人の体から眩《まばゆ》い閃光《せんこう》が放たれ、ビエラは遅れてゴブリンの自爆特性のことを思い出した。

逃げる余地はなく、ゴブリンの自爆を見届けることしかできなかった彼女の目の前に、突然ひとりの少年が現れる。

彼はビエラの盾となり、代わりにゴブリンの自爆をその身に受けた。

その者は、道具師フェルト・モードだった。

「ご、ごめん、なさい……！　まさか、こんなことになるなんて……」

フェルトはゴブリンの自爆を危惧していたため、一体が不可解な動きを見せた瞬間に走り出していた。

咄嗟にアイテムウィンドウから取り出せたのは、当時は未完成でわずかにしか身体能力を上げられなかった『超越の指輪』ひとつだけ。

それによってダメージをある程度抑えることはできたものの、フェルトの体の数カ所に痛々しい火傷と裂傷が刻み込まれてしまった。

目の前で自分の代わりに傷だらけになったフェルトを見て、ビエラは声を震わせながら懺悔《ざんげ》する。

「私が、不用意に追いかけていなければ……！」

下手にゴブリンを刺激したから、フェルトにいらない怪我をさせてしまった。

彼はそのことに怒りはせず、横たわりながら見慣れた呆れ交じりの笑みを浮かべた。

「だから、言っただろ。生き急いだって、無駄な怪我をするだけだってな」

このストライプ山に来て最初に聞いたフェルトの台詞。

あれは生き急いだ者がその反動として痛い目を見るぞという戒めかと思った。

けど本質はそうではなく、生き急いだ者だけでなく周りにいる者たちにも被害が及ぶ可能性があるという警告だったのだ。

実際に成果欲しさに敵を深追いしたビエラは、反撃をもらいそうになりそこをフェルトに庇われてしまった。

自分と違って、この人は周りがよく見えているのだと痛感する。

先を越されたくない。褒美は誰にも渡したくない。自分が魔王討伐の使命を果したい。

周りのことを顧みず、私利私欲ばかりで動きすぎていたと、ビエラは今さらながら恥ずかしい気持ちを味わったのだった。

「これからは、少し肩の力を抜いて生きてみたらどうだ」

年下からの注意のはずなのに、経験則でものを語る年長者から、優しく諭されているような気持ちになった。

その後、ゴブリンたちには逃げられてしまったが、状況は収まってフェルトの怪我も彼自身が手掛けた傷薬によってことなきを得た。

さらにフェルトは、今後同じように動物たちがゴブリンに襲われないように、防犯用の道具を作ってみせた。

ゴブリン程度の下位の魔物なら追い払うことができる罠の道具で、動物たちの生息域くらいならばほぼ永続的に保護できる代物らしい。

ゴブリンの襲撃を一緒に阻止してくれただけでなく、対抗策まで用意したフェルトに、ラッセルは深く感謝していた。

そしてラッセルは改まった様子で言った。

「お前たちには、盾になれる人間が必要だ」

フェルトが体を張って仲間を守ったことに激しく心を打たれて、ボロボロの姿を見て放っておけないと思ったとのこと。

襲撃防止の便利な防犯道具もあるので、当面は動物たちの安全が保障されたこともあり、ラッセルは魔王討伐に同行することを決めてくれた。

魔王を打ち倒した褒美で、野生動物たちがより暮らしやすくなるよう保護活動の援助も求められるからと彼なりの理由もあっての承諾だった。

そんなこんなで聖騎士ラッセルは、フェルトのおかげで勇者パーティーの仲間になり、フェルトのことを恩人として深く慕っていた。

いつもは気力を感じないのに、いざという時は頼りになって、どこか人を引き寄せる魅力を持っているフェルト。

ありふれた生産職の道具師ではあるけど、その実豊富な知識と卓越した技巧によって規格外の道具を作り出せる逸材。

勇者パーティーに新たな仲間が加わったその日、ビエラにも心境の変化が訪れた。

「これからはもう少し大人になるわ。今日までごめんなさい、フェルト」

フェルトへの評価を改めて、仲間として認めたことを示すように、初めて名前を呼んだのだった。

その後も、フェルトの手掛けた規格外の道具に毎度驚かされたり、大人っぽい意見や立ち振る舞いに感心させられたり、ほどよく力の抜けた生き方にちょっとした憧れも抱かされた。

聖女ガーゼを仲間にした時も、働くのが嫌で引きこもっていた彼女をフェルトが甲斐甲斐《かいがい》しく世話したことで、懐いてついてきてくれることになった。

皆がそれぞれフェルトに好意的な感情を持っており、世間的には目立っていなかったものの実際のところ勇者パーティーの中心人物は彼だった。

賢者ビエラ・ラギットは、道具師フェルト・モードが嫌いだった。

しかし今では、高飛車だった若い自分を戒めてくれた恩人で、かけがえのない大切な仲間だと思っている。

第三章　素材集めは盗賊と共に

馬車を乗り継いでいくこと一週間。

俺はピケと一緒に、気になっていた素材採取地へとやってきていた。

「おぉ、本当に緑だらけだ……」

馬車に揺られながら外の景色を眺めて、思わず感嘆の息をこぼしてしまう。

同じくピケも子犬状態で同乗しながら、一面に広がる緑を見て興奮気味に白い尻尾をふりふりと振っていた。

俺たちが今いるのは、トップス王国の西部に位置する森林地帯――モアレ地方と呼ばれる場所である。

ここには数千種類の薬草が群生していて、茶や薬の材料となる薬草が色々と手に入る……らしい。

俺も話に聞いただけで、訪れたことがないので定かではないけど。

ただすでに馬車から見える景色だけで自然豊かなことが明らかになっているので、これは期待せざるを得ない。

勇者パーティー時代にも来たことがない未知の大地に、ピケと同様俺の心も湧《わ》き立っていた。

「町で宿を確保できたら、さっそく森の方へ行ってみようか」

小さな声でピケに囁くと、言葉を理解しているようにピケは耳をピンと立てて喜びをあらわにした。

それからほどなくして、俺たちを乗せた馬車はモアレ地方のダマスクという町に到着する。

町の景観も自然豊かな土地らしい、木造りの建物が多かった。

通りも石畳ではなく土や芝でできていたり、ところどころで背の高い樹木が生えていたり、木の上に家を建てているところもある。

極めつきは町の中心に立っている大木――『ダマスクの巨木』の根元が、ちょうどいい空洞になっていることだ。そこに数多くの商業施設が展開されているため、まさに自然の中に作られた町を体現していた。

「本当に緑一色だなぁ。噂の大木もすごくでかいし」

心なしか空気が美味しい気がする。

自然をより身近に感じるならこの町だ、という噂は聞いていたけれど、実際にこの目で見てみるとなおのこと実感できる。

町のシンボルでもあるダマスクの巨木もかなり有名で、観光名所にもなっているほどなのでこの機会に間近で見ることができてよかった。

某都内の巨大タワーより全然大きいんじゃないかな。

時間があったらダマスクの巨木の下の商業区にも足を運んでみよう。

主に木彫りの工芸品や家具などがたくさん置いてあるらしく、作り込みや技術が素晴らしいと聞く。

お土産に買っていく人も多いみたいなので、俺も記念になにか買っておきたい。

と、通りの隅でダマスクの巨木を眺めながら思っていると、腕の中のミニピケが食堂の方から流れてくる匂いに釣られて鼻をすんすんと動かしていた。

ピケは花より団子みたいだな。

「ごめん、お腹空いたよね」

というわけで軽く腹ごしらえをした後、無事に宿も確保できたので、さっそく町の近くの森に向かうことにする。

ダマスクの町の商業区でも、森で採取できる薬草が売られているみたいだが、利用価値の高い薬草は直接薬師の手元や他の市場に流れてしまっているとのこと。

となれば自分でそれを採りに行くしかないというわけだ。

森の深部ではより貴重な薬草が採れる半面、魔王討伐後も凶暴な魔物が多いらしくて素材採取家も安易に立ち入れないみたいだし。

そしてピケを連れて森へ入っていき、俺は素材採取を開始する。

「おぉ……！」

森の中は話に聞いた通り、多種多様な薬草があちこちに群生していた。

見たことのない素材の数々に、俺の心は自然と高揚していく。

道具師にとって薬草は、薬や茶の材料としてだけでなく、爆弾や罠など様々な道具の素材として使うことができる。

素材と素材をかけ合わせてどんな道具ができるのかは、実際にクラフトしてみるまでわからない。

だから素材を消費しながら試行錯誤を繰り返していき、色々新しい道具を生み出していくのが道具師の一番の楽しみなのだ。

ここで手に入れた薬草たちを色んな素材とかけ合わせて、どんな道具になるのか今からすごくワクワクする。

独りでに光を放つ白い薬草。ほのかに熱を発する赤い薬草。逆に冷気を帯びている青い薬草、などなど……。

ピケと一緒に協力しながら、目を引く薬草を片っ端から採取したのだった。

そして森での薬草採取を続けること、およそ二時間。

だいぶ森の奥の方に進んできて、昼食休憩も兼ねてそろそろどこかで休もうかと思い始めた、その時……。

「いやあぁぁ！！」

「んっ？」

不意にどこからか女の子の声が聞こえてきた。

明らかに穏やかではない叫び声。

ピケもそれに気付いて耳をピンと立て、声のした方にブンッと首を振る。

俺も釣られてそちらに視線を移し、木々の間を縫うように目を凝らすと、遠方に不穏な景色が広がっているのが見えた。

自立歩行する大きな赤い花の怪物と、それに追われている女の子の光景。

「植物種の魔物か……」

自立歩行している赤い花は、開いた花の中心に大きな口を持っており、女の子を食べようと歯を見せながら大口を開けている。

人食い花とでも呼ぶべきその魔物に追われている女の子は、一本に結んだ青髪を揺らしながら、息も絶え絶えになって逃げ回っていた。

助けなきゃ、と思ったその時、俺の気持ちが伝染したのか、真横で一瞬の風が吹く。

気が付けば視線の先ではピケが疾走していて、木々の間を高速で縫って魔物と女の子のもとに駆けつけた。

――ズバッ！

「えっ？」

女の子は突然起こった事象に目を丸くする。

いよいよ彼女の背中が捉えられそうになったその寸前、ピケの爪がぎりぎりで魔物に届き、赤い花を真っぷたつに斬り裂いたのだ。

赤い花弁がひらひらと舞い、魔物の消滅と共にそれらが消える中、間一髪で助かった女の子は腰が抜けたようにその場にへたり込んでしまう。

助かったことについては安堵しているようだったが、突然目の前に現れて救ってくれたピケに困惑している様子でもあったので、すかさず俺は駆けつけて説明することにした。

「そ、その狼、うちの子だから。怖がらなくても大丈夫だよ」

同じ人間の俺が姿を見せたからか、少女は今度こそ安心したようにホッとした表情をする。

近くで見ると、遠くからでは朧《おぼろ》げだった少女の姿が鮮明に目に映る。

後ろで一本に結んだ青髪。同色のつぶらな瞳。かなりの童顔だが走っていた時の姿から上背は百六十センチほどに見えたので、歳は俺よりもふたつ三つくらい下だろうか。

窮地から脱した直後で、力なく地べたに座り込んでおり、目の端にはわずかに涙まで滲んでいる。

そんな少女を助けたピケはこちらに近付いてきて、『褒めて！』と言わんばかりに俺の手に白い頭を押しつけてきた。

俺は「お疲れ様、ピケ」と労わりながらよしよしと頭を撫でてあげる。

素早い反応に的確な魔物討伐。ピケの戦闘能力がそこらの魔物と比べてだいぶ高いということが、今回の戦いでまた改めてわかったな。

俺だけだったらこの女の子を助けられなかったかもしれないし。

そんなことを考えていると、少女が俺の方を見ながら、改まった様子で口を開いた。

「あ、あの、助けていただいて、ありがとうございます……！」

「お礼ならこのピケに言ってあげて。素直な子だから、頭を撫でながら褒めてあげるとすごく喜ぶよ」

少女はおもむろに立ち上がると、恐る恐るといった様子でピケに向かって手を伸ばす。

白い頭と少女の手が触れると、ピケは嬉しそうにぐいぐいと頭を押しつけた。

青髪の女の子が安堵した様子でピケの頭を撫で始めて、「ありがとうございます」とお礼の言葉を口にする中、俺は少女の格好を見ながら人知れず疑問を抱いていた。

白いチュニックの上に気休め程度の木皮の胸当て。黒いパンツの腰部分には小さなナイフを一本携えているだけで他に武装らしいものはなし。

魔物が蔓延るこの場所で、あまりにも無防備な格好と言わざるを得なかった。

たまたま迷い込んでしまった？　いや、だとしてもこんなに森の深部に近い場所まで来るだろうか？

それらの疑問を解消するべく俺は問いかけることにする。

「どうして女の子がひとりで、こんなに森の深くにいるのかな？　魔物とかいて結構危ないと思うんだけど」

「あっ、その、この森の奥地に少し用事があったもので……」

「用事？」

そんな軽装で？

という疑念が顔にあらわれていたのか、少女は腰のナイフに触れながら「あははぁ」と乾いた笑みをこぼした。

「やっぱりちょっと無防備すぎですよね。でも私の力で扱える武器が、これくらいしかなかったので」

「それなら冒険者に護衛を頼むとかした方がよかったんじゃないかな？　森の深部に進むほど魔物は多くなるし……」

「そうしたいのは山々だったんですけど、生憎お金があまりなくて。それに私ならひとりでも大丈夫かなって思ったんです」

なにやら強気な発言だと思ったが、その根拠を聞いて俺は納得した。

「私、【盗賊】の天職を授かっていて『隠密』のスキルを使えるんです。姿や臭いを薄くして足音も完全に消せるので、魔物に気付かれずに森の奥に進めるかなぁと思ったんですけど……」

「あぁ、さっきみたいな植物種の魔物は、視覚や聴覚じゃなくて周囲の温度の変化で生き物の気配を探るから、『隠密』のスキルじゃ警戒をかい潜れないんだよ」

他の天職でも存在感を希薄にするようなスキルがあるけれど、そのほとんどが植物種の魔物に対して効果がない。

あまり自分のスキルを使い慣れていない人は、割とやりがちなミスだ。

見たところこの子は冒険者というわけじゃないみたいだし、『隠密』のスキルを使う機会は今までまったくなかったんじゃないかな。

「魔物についてあまり詳しくないので、まさかあんなに簡単に見破られるとは思いませんでした。不覚です」

「それならなおさら、ひとりで森に入るべきじゃなかったと思うんだけど？　金銭的な問題で護衛を雇えなかったからって、どうして危険を冒してまで森の奥に……？」

今一度その真意について尋ねると、少女はわずかに目を伏せながら答えた。

「お母さんの病気を、治してあげたくて」

「病気？」

「数年前にとある病気にかかってしまって、それ以来少し手足が痺《しび》れているんです。日常生活は問題なく送れるんですけど、金属細工師として働いていたお母さんは、症状のせいでその仕事を辞めるしかなくて……」

この子のお母さんは金属細工師なのか。

貴金属を細工して装飾を施したり宝石をあしらったりする、細かい技術を要する職人業。となれば、手足に痺れを引き起こす病気は致命的なものと言える。

手は職人の命そのものなので、その病だけで完全に職人生命を絶たれることになるのだ。

「それで今は別の仕事をしながら、女手ひとつで私を育ててくれているんですけど、細工師としての仕事を忘れられずにいるみたいで……」

「不本意な形で職人業を畳んだのなら、その未練は当然のものだと思うよ」

「はい、私もそう思います。だから私はお母さんに、またもう一度細工師としてお仕事をしてもらいたいなって思っていて……」

次いで彼女は、伏せていた顔を上げて、この森を見渡しながら続けた。

「そんな時にダマスクの町の近くの森で、『万能薬の薬草が採れる』という噂を聞いたんです」

「えっ、そんなものがあるの？」

「はい。その薬草で作った薬は、百病百毒に効くと言われていて、実際に多くの病人や被毒者を元気にしている万能薬として知られています。なのでお母さんの病気を少しでも楽にしてあげられたらと思って、薬草の群生地などよく調べてこの森に来ました」

なるほど、そんな事情があったのか。

それなら確かに危険を冒したのも理解できるし、金銭的な問題で護衛を雇えなかったのも納得だ。

母娘ふたりで暮らしている家庭環境を鑑みれば、易々《やすやす》と護衛を雇ったりはできないだろう。そもそもお金に余裕があれば、その万能薬自体を大枚をはたいて手に入れることもできるだろうから。

そしてそれができなかったからこそ、彼女は自分の手で万能薬の薬草を採りにこの森にやってきた。

軽率な行動ではあるけれど、とても勇敢な子のようだ。

「ですけど、私ひとりではその薬草を見つけることはできませんでした。魔物にも簡単に見つかってしまいましたし、逆に『天涙草《てんるいそう》』は希少素材で全然見つかりませんでしたし、こんな危ないことをするべきではなかったと今は猛省しています」

少女は落ち込んだようにため息をついてから、俺の方に向き直って改まった様子で言った。

「私はこのまま、大人しく町に帰ることにします。改めて今回は、助けていただいてありがとうございました」

彼女は微笑んで、森の出口に向かって歩き出そうとする。

俺はわずかな逡巡ののち、立ち去ろうとする少女の背中に声をかけた。

「その薬草、俺が代わりに採りに行こうか？」

「えっ？」

少女は足を止め、つぶらな瞳を見開いてこちらを振り返る。

身の上を明かしてくれたお返しというわけではないけど、俺の方もこの森にいた理由と、代わりに採りに行くと提案したその意味を話すことにした。

「俺、生産職の人間でさ、道具作りのためにこの辺りの薬草を集めてるんだ。それで話を聞いてたらその薬草のことも気になってきたから、採取しに行こうかなって思ってね。そのついでに君の分も」

この子の身の上を聞いてかわいそうと思ったのももちろんだ。

でもそれと同じくらい、話に聞いた薬草のことも気になってきた。

万能薬の薬草。生産職の人間からするとなんとも心躍るフレーズだ。

それを素材として道具作りに用いたら、いったいどんな道具を作り出すことができるだろうか。

道具師としてぜひとも手に入れておきたい一品である。

そのついでにこの子のお母さんのための薬草も採ってこようかなと思って、俺は少女に提案したのだった。

「そ、そんな悪いですよ！　私の分まで採ってきていただくなんて。ただでさえ希少素材と言われていて見つけづらいのに。それにおひとりで森の奥に行くなんて危険すぎます」

「君がそれを言うのか……」

ナイフ一本と『隠密』スキルだけで魔物の目をかい潜ろうとした少女には言われたくない。

「大丈夫。俺にはピケもついてるし、多少なら俺自身も戦闘の心得があるからね。森の探索くらいなんてことないよ」

その薬草の希少性についても、俺の運のよさがあるから多分簡単に見つかるだろうし。

すると少女は申し訳なさそうにあわあわと口を開閉している。

採ってきてもらうつもりで身の上を話したわけではないだろうし、同情を買うつもりだって微塵もなかっただろうから、俺からの提案を受けて戸惑っている様子だ。

するとと今度は少女の方から唐突な提案をしてくる。

「わ、私もなにかお手伝いさせてください！」

「手伝い？」

「ただ薬草を採ってきていただくのは申し訳ないなって思って。足手まといだというなら無理にはついていきません。でもなにか私でもお手伝いできることがあれば、なんでも言ってください！」

「うーん、って言われてもなぁ……」

正直彼女の言った通り、足手まといになってしまう可能性の方が高い。

けどジッと待っているだけになるのが申し訳ないと思うのもまた理解できる。

少女は身をもって森の奥地の危険性を知っただろうから、そこに俺とピケだけを向かわせるのは心苦しいと感じるのも当然だ。

まあ、〝あれ〟とか渡しておけば別に大丈夫か。

「……わかった。じゃあ道案内をお願いしようかな。森の深部のどの辺りにその天涙草が群生しているのか俺はよく知らないし、そもそもそれがどんな見た目をしているのかもわからないから」

「は、はい、任せてください！」

少女は戸惑っていた顔を今度は嬉しそうに笑顔に変えて、ドンと胸を張った。

喜怒哀楽がわかりやすい子だ。

聞けば例の薬草についてよく調べたと言っていたし、彼女は薬草探しでとても貢献してくれるはず。

同行してもらう方が確実にメリットがあるだろう。

そんなこんなあって俺たちは一緒に森の奥地を目指すことになったが、遅れてあることに気が付いた。

「そういえば自己紹介が遅れたね。俺の名前はフェルト。それでこの子はピケ」

「私はバラシアです。バラシア・ドレッシーと言います。よろしくお願いしますフェルトさん、ピケちゃん」

名前を呼ばれたピケは耳をピンと立たせて、綿あめのような純白の尻尾をふりふりと振り始めた。

ていうかなにも考えずに自分の名前をそのまま伝えちゃったけど、勇者パーティーにいた道具師のフェルトって気付かれなかったな。

もしかして俺の知名度が低いから？

だとしたら気を遣わずに名前を明かせるからいいけど、それはそれでなんだか複雑だと人知れず思ったのだった。


バラシアと知り合い、ピケも合わせた三人で森の奥へ進むことになった。

万能薬の薬草と言われている薬草を求めて、魔物が蔓延る深部を目指していく。

ただ本格的に深部に入る前に、俺はバラシアにあるものを渡しておいた。

「バラシア、奥に進む前に、まずはこれを着てくれないかな」

「はいっ？」

俺はアイテムウィンドウを開き、その中から黒々としたマントを取り出す。

それをバラシアに手渡すと、彼女は怪訝な顔でマントを見つめた。

「な、なんですか、この黒いマントは？　悪者が着ていそうな禍々《まがまが》しさがありますね」

「『闇夜の外套』っていう道具だよ。これを羽織れば存在感を希薄にできて、魔物に気付かれにくくなるんだ」

「おぉ、なんだか私の『隠密』スキルみたいですね！」

バラシアは感心したようにつぶらな碧眼をキラッと輝かせてマントを広げてみる。

次いでワクワクした様子で闇夜の外套を羽織り始めたが、途端にその手を止めてきょとんと首を傾げた。

「あれっ？　でもそれだと、植物種の魔物には気付かれてしまうのではないですか？　確か周りの温度の変化で生き物の気配を探るから、私の隠密スキルも見破られてしまったと……」

「よく覚えてるね。でもその心配はいらないよ。だってこの外套、人の体温まで包み隠してくれるから」

「えっ!?」

それだけではない。

気配を薄れさせるどころか姿は完全に見えなくなるし、足音ももちろん抑えてくれるし、臭いも外部に漏れずに存在感を完璧に覆ってくれる優れ物だ。

隠密スキルの完全上位互換のような効果を持っていると言っていい。

「そ、そんな便利な道具があるんですか……！　というか、それだと私の力の存在意義が……」

「まあその分、作るのがめちゃくちゃ難しい道具なんだけどね」

もともと、闇夜の外套は姿をほんの少しだけ薄くするというだけの道具だ。

その製作の際に、『レイス』という死霊種の魔物が稀に落とす残存素材――『霊界の羽衣』を用いると隠密性能が飛躍的に向上する。

ただ霊界の羽衣は市場でもまったく出回っていないほどの希少素材で、また加工も難しく道具製作に用いるのが困難と言われている。

俺の場合は運のよさで、レイスからバンバン霊界の羽衣が出て、加工の練習もできたから道具製作に使えたけど。

おかげで超隠密性能を宿した闇夜の外套を作れて、勇者パーティーでの冒険中も何度も活躍してくれた。

魔物との戦闘を極力回避するのが、冒険で長生きする一番の秘訣《ひけつ》だし。

というわけで俺とバラシアは闇夜の外套を羽織り、存在感を完璧に消した。

体の大きいピケは外套を羽織れないため、小さくなってもらって俺が抱っこする形になる。

これで安全に森の奥地へ進むことができるようになったが、俺は念のためにバラシアにもうひとつ道具を渡しておくことにした。

「あと一応、この卵も持っておいて」

「わぁ、キラキラしていて綺麗な卵ですね。これもなにかの道具なんですか？」

「うん。『友鳥《ゆうちょう》の美卵《びらん》』って言って、これを割ると中から魔力でできた鳥が生まれるんだ。その鳥が最寄りの人里まで一瞬で送り届けてくれるから、もし危ない状況になったら迷わず割って」

「い、一瞬で!?」

バラシアは驚愕の眼差しで手元の卵を見つめる。

これもともとは魔力の小鳥を召喚して、少しの間荷物を運んでくれるだけの道具だったが、レア素材を使って性能を底上げしたら町まで一瞬で送り届けてくれる道具に激変した。

要はテレポートアイテムとかファストトラベルアイテムだと思ってもらえばいい。

緊急時の逃走手段として勇者パーティーにいた頃も重宝していた道具で、バラシアの安全を保障するために持たせておこうと思った。

「こ、これ全部、フェルトさんが作った物なんですよね？」

「うん、そうだけど、なにかおかしかったかな？」

「道具作りをしているとは仰っていましたけど、まさかこんなにすごい方だとは思いませんでした。これだけ便利な道具をたくさん手掛けることができるなんて」

「……ま、まあ、それほどでも」

バラシアから尊敬の眼差しを向けられながら、俺は気恥ずかしさと動揺を一気に味わうことになる。

褒めてもらえるのは素直に嬉しいけど、これは少しやりすぎてしまったかな？

さすがに色々と便利な道具を出しすぎて、勇者パーティーにいた道具師ということに気付かれてしまうかもしれない。

なんて危惧は杞憂《きゆう》にすぎず、バラシアはなんの疑いも持っていないような無邪気な表情で問いかけてきた。

「この辺りの薬草を集めているのも、なにか作りたい薬とかがあるからということですか？」

「うーん、っていうより作れる道具の幅を広げるために、世界各地を回って色んな素材を集めてるって感じかな。手持ちの素材の種類が増えるほど、作れる道具の種類も増えるから」

色々な素材をかけ合わせて未知の道具を手掛けていくのは、中身のわからない宝箱をひとつひとつ開けていくみたいなワクワク感があるのだ。

その過程でたまたま実用的な道具を生み出すことができたら、嬉しさはひとしおである。

「それでピケちゃんと一緒にふたり旅ですか。とても楽しそうですね」

「まあね。ピケも色んな人たちと触れ合えて嬉しそうだし」

魔物の討伐も代わりにやってくれるし、ついてきてくれて本当に助かっている。

そんな話をしながら、闇夜の外套のおかげで魔物に気付かれずに、だいぶ奥地の方へと進むことができた。

進むほどに木々の密集が激しくなり、日差しが遮られて辺りが暗くなっていく。

視界も不明瞭になってきたので、俺は暗視効果を付与してくれる『猫目の奇薬《きやく》』をバラシアと共に服用した。

腰つけのランタンを灯すという選択肢もあったが、魔物に気取られるリスクを減らすために光の類は使わないことにする。

またしてもバラシアが新しい道具を見て驚愕し、そんな反応をしてくれるのが嬉しいからまたなにか道具を出したい気持ちにさせられた。

「確か、日差しが完全に遮られた辺りから、例の天涙草の群生地だと聞いています」

「となるとこの辺からってことか……」

暗視効果の薬のおかげで、暗闇の中でも薬草を見つけることはできる。

ただ、色々と他にも薬草が生えているから、見分けるのに苦労しそうだ。

そうでなくとも天涙草は希少素材らしいし、おまけにあちこちに香り高い薬草が生えているから匂いを辿ることもできなそうだし。

ともあれどんな見た目の薬草か聞いておこうと思って、バラシアに問いかけようとした瞬間——。

「あっ、ありました！」

彼女はすぐに声をあげた。

バラシアが指で示した方を見ると、白い茎に青色の葉を茂らせた薬草が、他の薬草たちに囲まれながら控えめに数本だけ生えていた。

どことなく神々しい見た目の薬草である。

「あれが天涙草です。話に聞いた見た目とばっちり一致します。まさかこんなに早く見つかるなんて……。ほ、本当に希少素材って言われてるんですよ！」

「別に疑ってないから大丈夫だよ」

探しても全然見つからなかったと前もって言った手前、嘘をついたと思われたくなくてかバラシアは必死に弁明してきた。

けどそこは別に疑っていない。

やっぱり俺は運がいいってことだ。

それに薬草も見たところ五本はあるので、バラシアのお母さんの分と、俺の道具作りの試作用で量もちょうどいいんじゃないかな。

というわけでさっそく採取しようと思って、バラシアと一緒にその薬草のもとまで近付こうとするが……。

「あっ、待ってバラシア！」

「えっ？」

俺は足を止めて、同時にバラシアも呼び止めた。

刹那、視界の先にあった巨木の裏から、わらわらと自立歩行する花たちが這《は》い出てくる。

さっきバラシアを襲っていたのと同種の植物種の魔物たち。

そのまま薬草を採りに行っていたら、あっという間に囲まれて花たちの餌食になっていたかもしれない。

バラシアは現れた複数体の魔物を見て、バタバタと慌てながら俺の後ろに逃げ込んでくる。

同時にピケがすかさず俺の懐から飛び出して、元のサイズに戻りながら臨戦態勢になってくれた。

思いがけない会敵だが、ピケに任せれば問題なく突破できるはず。

と思ったけれど、ピケはキョロキョロと視点が定まっていないように、首をぶんぶんと振っていた。

「そうか、この暗闇で……」

ピケは俺やバラシアのように暗視薬を飲んでいないから、暗闇の中で魔物の姿をうまく視認できていないのだ。

これでは戦うのが難しい。

あれ、でも狼なら夜目がきくはずじゃ……？　俺と行動しているうちに夜行性っぽくなくなって夜目がききづらくなったのかな？

となれば、猫目の奇薬をピケにも飲ませるか？

いやでも、あくまでこれは人間が服用することで効果を発揮するものだ。

ピケにも適応するかもしれないけど、逆に体に悪い影響を及ぼす可能性もある。

人と体の構造が違うピケにとって、薬ではなく毒になってしまうかもしれない。

それなら嗅覚《きゅうかく》を使って敵の位置を探ってもらえば、と考えるけれど、すぐに自分の考えにかぶりを振る。

この辺りには様々な薬草が群生しているせいで、色々な匂いが充満している。嗅覚を頼りに戦うのも無理だろう。事実、ピケの鼻は機能しておらず魔物の位置がまったくわかっていない様子だった。

「ど、どうしましょう、フェルトさん……！」

「うーん……」

多分薬草は別の場所にも生えていると思う。

だからここは身の安全を考慮して離れた方がいいかもしれないが、いくら俺の運がいいからと言ってまたすぐに天涙草が見つかるとは限らない。

ただでさえ希少素材と言われているし、なにより五本もまとまって採取できる場所はここ以外になさそうな気がする。

どう考えても手っ取り早いのは、目の前のこいつらを討伐してそこにある天涙草を採取することだよな。

……仕方ないか。

「バラシア、ピケと一緒にちょっとここで待ってて」

「えっ？」

俺はピケの代わりに前に出ながら、羽織っていた闇夜の外套を脱ぐ。

そして手早くアイテムウィンドウを操作して、外套を仕舞ってから一本の真っ赤なナイフと青い指輪を取り出した。

それを装備したのち、俺は地面を蹴って魔物たちへと接近する。

上位の戦闘職を持つ超人たちに劣らないほどの超速度で。

「き、消えた⁉」

その動きが見えなかったのか、後方でバラシアが驚愕の声を漏らしたのが聞こえてくる。

それに後押しされるように一気に花型の魔物に肉薄した俺は、右手のナイフを振って花弁を斬りつけた。

刹那、ナイフから深紅の火炎が迸り、花型の魔物をひと太刀で焼き斬る。

後方でバラシアがまた驚いたように息をのむ気配が伝わってきた。

このナイフは『赤石《あかいし》の短刀《たんとう》』という道具で、斬撃時に微かな炎が迸る。

それだけだと単に火をまとっただけのナイフなのだが、道具製作の際に最高危険度の魔物である『サラマンダー』の残存素材を用いることで、強力な炎を宿して切れ味を底上げしてくれるのだ。

サラマンダーの残存素材『火竜《かりゅう》の熱牙《ねつが》』は希少素材のため、誰も加工方法を知らず、手探りで加工を進めるのは本当に難しかったけど、その甲斐あってこのような強力な道具を作り出すことができた。

「キシャアア！！」

仲間の魔物がやられたからか、もう一体の人食い花が怒りを覚えたように、大口を開けて急速に迫ってくる。

俺は慌てることなく、正確に敵の動きを観察し、危なげなく攻撃を躱《かわ》して裏に回った。

直後、右手で力強く握った赤石の短刀を、魔物に向けて一閃《いっせん》する。

また一体撃破。

我ながら目覚ましいほどに身体能力が向上している。

普通なら、ただの道具師が超速度で魔物に接近したり、余裕を持って相手の攻撃を躱したりすることなんてできるはずもない。

しかし赤石の短刀と一緒に装備した青い指輪のおかげで、今の俺の身体的な能力は上級戦闘職と遜色《そんしょく》ないほどにまで高められている。

これも苦労して作った『超越の指輪』だ。効果の持続時間に限りがあるから、いざという時にしか使わないようにしている逸品である。

そのふたつの道具を装備したおかげで、ただの道具師の俺でも複数の魔物を穏便に討伐することができた。

目的の薬草も踏み荒らされたりしていない。

「まあ、このくらいの魔物だったら俺でもいけるか」

「…………」

見える限りの魔物を倒し終えると、口をあんぐりと開けたまま固まるバラシアと目が合った。

次いで彼女はハッと我に返り、驚愕したような様子で問いかけてくる。

「せ、生産職の方じゃなかったんですか⁉」

「戦いにも役立つ道具をいくつか持ってるだけだよ。俺自身の戦闘能力は本当にただの生産職と同じだから」

突然生産職らしからぬ戦いぶりを見せられたからか、バラシアはとても驚いたようだ。

今回はピケが戦えなかったので仕方なく俺が戦ったが、なるべくこういうのは避けるようにしていきたい。

道具はあくまで消耗品なので、いくら便利であろうと使いすぎると壊れてしまう。

いざという時のために、俺は装備を再びアイテムウィンドウに戻して戦闘を終了したのだった。

これにて天涙草、無事に獲得である。

天涙草の採取を終わらせた後、身の安全を考慮して即座に奥地から離れることにした。

本音を言えばまだまだ奥地で薬草採取を続けたかったけれど、先ほどのようなトラブルがまた起こらないとも限らない。

それにバラシアの分は一本だけでいいということなので、俺は四本の天涙草をもらえることになったから。

これで色々と加工や調合を試せる。

百病百毒に効くと噂されるほどの希少素材なので、シンプルに薬の調合に使うのもいいし、装飾品なんかと組み合わせたら病や毒を完全予防する腕輪や指輪などが作れるかもしれない。

今からとてもワクワクしていると、森から出たタイミングでバラシアから提案をされた。

「フェルトさんがいなかったら、絶対にこの薬草を手に入れることはできていませんでした。ですからなにかしらお礼をさせてください！」

とは言われたものの、パッと思いつくものもなく、なによりそこまで大したことをしていないのでお礼は大丈夫と返した。

それならせめてご飯だけでも奢《おご》らせてほしいと言われてしまったが、金銭的に余裕がないと聞いていたのでさすがに断ろうと思った。

けれど……。

「ダマスクの町のご飯屋さんで美味しいところを知っています。故郷がすぐ隣の町なので、この辺りの名産についてもお教えできますよ」

ダマスクの町、もといこの周辺地域はまだ観光しきれていない。

美味しいご飯屋さんはもちろんながら、名産についてもまったくの無知だ。

だからガイドがいてくれたら助かると思い、彼女のお言葉に甘えることにした。

まだバラシアとも話したいと思っていたのもそうだし、ピケも彼女に興味があるようだったから。

そうして森を離れた俺たちは、ダマスクの町に帰ってきて一緒にご飯を食べることになった。

無事に薬草採取を終わらせることができた打ち上げ、といったところである。

「このたびは本当にありがとうございました、フェルトさん。これでお母さんの病気をよくしてあげられます」

「こちらこそ案内助かったよ、バラシア。おかげで迷わずに薬草の群生地に辿り着けて、こうして貴重な素材も採れたから」

俺たちはグラスを合わせ、爽やかな果実ジュースで乾杯をする。

この異世界では酒は十五から大丈夫ということになっているが、俺はあまり得意じゃないしバラシアも同様に酒は飲めない口だそうだ。

それでも健闘を称え合うことはできるため、俺たちは改めて互いに喜びを噛みしめる。

ピケにも山盛りのお肉を頼んであげて、俺の足元で子犬モードになったピケがむぐむぐと皿に顔を突っ込んでいた。

その微笑ましい様子を眺めながら美味しい料理をつついていると、バラシアが不意に問いかけてきた。

「フェルトさんとピケちゃんは、またすぐに素材採取の旅に出るんですか？」

「うん。もう二、三日ダマスクの町に滞在して、この周辺の薬草をあらかた採取したら、次の町に行こうかなって思ってるよ」

それだけの時間があれば、このモアレ地方の薬草もかなり網羅できるだろうし、テンポよく次の町に行こうと考えている。

色々な素材を採取して様々な道具を手掛けたいからね。まあそれと同じくらい、やっぱり各地を見て回るのも楽しいから。

町での滞在期間はなるべく短くするつもりだ。

そう答えると、バラシアはわずかに眉を寄せてため息をついた。

「そうですか。まだしばらくダマスクにいてくれたら、母の治療を終わらせた後で、私にこの辺りの案内をさせてもらいたかったんですけど。お礼も全然できてませんし」

「気にしないでいいよ。この美味しいご飯屋さんも教えてくれたし、お代まで払ってくれるんだから、それで充分お返しになってる」

責任感の強い子だなと思っていると、ちょうどその時、足元のピケがお肉を食べ終わった。

次いでピケは、卓上の匂いに釣られてか、ご飯をせがむように俺の足を前足でちょんちょんと小突いてくる。

追加のお肉を注文するから少し待っててと言うと、次にピケはバラシアの足元に移動して、俺の時と同じく前足でちょんちょんと小突く。

せっかく知り合えたし、この通りピケもバラシアにすごく懐いてるみたいだから、もう少し一緒に過ごしたいという気持ちはあるけどね。

「それで、次はどの町に行くか決まってるんですか？」

「うーん、そうだなぁ。今一番気になってるのは、水の都『バブルドット』かな」

ここトップス王国の西部に隣接しているアウター王国。

その北側に、特殊な魔力が宿った水源を保持している大都市があると聞く。

名前はバブルドット。

町の中の至るところにも水路や噴水があって、そこからキラキラと輝く水が湧き出ているようだ。

ゆえにそこは水にゆかりのある町として、〝水の都〟と呼ばれている。

「バブルドットですか。確か特殊な魔力が宿ったお水を財源にしている大都市ですよね。そのお水を素材として手に入れたいということですか？」

「そうそう。高濃度の魔力水は鍛冶や調薬でも重宝されるものらしいし、道具作りでも色々と生かせると思ってね。あとここから割と近いし、なにより〝観光地〟としても有名だから」

というか万人からするとそちらのイメージの方がよほど強いだろう。

バブルドットの町中では、輝く魔力水が年がら年中流れている。

その様子は世界でも有数の美景のひとつとして数えられていて、しかも美肌効果や保湿性能、血行促進作用のある魔力水を利用して温泉施設まで充実させているのだ。

美景も温泉も楽しめるなんて観光地としてずるすぎる。これはさすがに行っておかないと損だ。

「私も母の病気がよくなったら、一緒にバブルドットの温泉に行ってゆっくり浸かりたいです。小型のペットでしたら一緒に入っても大丈夫と聞いたことがありますので、ピケちゃんと一緒に楽しんできてください」

「うん。ピケも温泉は初めてだろうから、連れていくのが楽しみだよ」

思えば前世の実家でも、白柴のピッケと何度も風呂に入ったものだ。

動物は水の類が苦手だと聞いていたのに、ピッケは湯船に入るのが好きで、俺が風呂に入っている時よく扉をカリカリ引っかいて「開けてぇ～」と抗議してきたっけな。

でも犬かきはへたっぴだったから、ほっといたらどんどん体が沈んでいたけど。

ピケはどうなんだろう？　温泉喜んでくれたら嬉しいな。

と、今からとてもワクワクしていると、不意にバラシアが――。

「あっ、でも確か……」

なにやら気がかりなことを言い始めた。

「ちょっとくらい前から、バブルドットで一部の魔力水の購入が制限されてませんでしたっけ？」

「えっ？」

初耳の情報に、俺は目をぱちくりと見開いて固まったのだった。

閑話　ご主人との思い出

ピケは、自分が何者なのかわかっていない。

自分がいったいどんな種族なのか、どこで生まれたのか、親や兄弟はいるのか、なにひとつ把握していないのだ。

一番古い記憶は、真っ白な景色に覆われた空間にいて、そこで謎の声を聞いたこと。

『あなたはこの世界へ招かれた存在。幸福を呼び寄せる神聖なる獣。異界の英雄と出会い、加護を授けるのです。さすればこの世界に光をもたらすことができる。期待していますよ』

その声を聞いた後、小さな白い獣の姿で、森の奥深くで目を覚ました。

なにがなんだかわからなかったが、ひとまずは生き延びることだけ考えることにした。

だが周りには木々と川くらいしかなく、親も仲間もいなかったため心細い思いを味わう。

幸いにもその森には栄養となる木の実や樹液が豊富にあり、川の水も綺麗だったため飲食物に困ることはなかった。

気候も穏やかで天気が荒れることもなく、襲ってくる外敵もいなかったので比較的快適な森暮らしを送ることができた。

森の深くで目を覚ましてから、そんな生活を続けることおよそ半年。

ピケは森の中で、未知の生命体と出会った。

見た目は鹿に似ているが、角には灼熱《しゃくねつ》の炎が灯っており、口からは炎の息吹を吐いている。

初めて自分よりも大きな生命体と邂逅《かいこう》し、しかもその相手が恐ろしい見た目と止めどない殺意を放っていたことから、ピケは尋常ではない恐怖に襲われた。

咄嗟に逃げ出した瞬間、その炎をまとった鹿は勢いをつけて追いかけてくる。

食べられる。殺される。弄《もてあそ》ばれる。どのような結末になるかは定かではなかったけれど、そのような思考が脳内を巡り、本能的に死を悟ったピケは一心不乱に怪物から逃げた。

ただ相手の方が体は大きく、子犬並の歩幅と鹿並の速度では距離が縮まる一方だった。

やがてその魔手はピケの背中を捉えて、火炎の息吹をわずかに浴びてしまう。

地面に横たわりながら、近付いてくる怪物を見上げることしかできず、ピケはいよいよ死を覚悟した。

その寸前――。

「その子から離れろッ！」

不意にピケの目の前に、見知らぬ黒髪の少年が現れた。

その少年はどこからともなく白い玉のような道具を取り出して、それを怪物に向かって投げた。

するとそれは地面に落ちた衝撃で破裂し、怪物の周りに白煙を巻き散らす。

怪物はその煙を浴びると、なんとも不快そうに頭をぶんぶんと振り始めた。

不思議な香りがするため、おそらく怪物が嫌がるような臭いや成分が煙に含まれていたとわかる。

次いで少年はダメ押しと言わんばかりに、黄色の小さな石を出して先ほどの白い玉と同じく投擲《とうてき》した。

地面に着弾するや、今度は眩い閃光が視界に飛び込んでくる。

目の前でそれを食らった怪物は、なんとも情けない鳴き声を漏らしながら、踵《きびす》を返して森の奥へと逃げ帰っていった。

「ふぅ、なんとかなったな」

窮地を救ってくれた少年は、怪物を追い払うや安堵の表情でこちらを振り返る。

そして不意に微笑みかけられたその瞬間、ピケは不思議な感覚を味わった。

初めて会った人物のはずなのに、少年の雰囲気と匂いに、どこか懐かしさを感じる。

そもそも人間を見たのもこれが最初なのだが、恐怖や不安といった感情は微塵も溢れてくることはなく、むしろ全身を温かく包み込んでくれるような安心感が湧いてきた。

自分はこの人間のことを知っている。

おそらくこの白い獣になる以前のこと。

自分は別のどこかにいて、そこでこの人と親密な間柄にあり、とても優しくかわいがってもらっていたような、そんな気がする。

なんておかしな気持ちになって呆然《ぼうぜん》としていると、少年はこちらを心配するような目で見つめていた。

助けてくれたことへの礼もなにかしたいと思いながらも、くだんの少年とは別の少年も近くにいることに気が付き、その時は混乱と緊張のせいでそこから逃げ出してしまった。

それからピケは、少年のことが頭から離れず、強い感謝の念を持ちながら森で生活を送った。

そしてたまに、彼が住んでいる村に様子を見に行ったりもした。

まだ大勢の人たちがいる場所に飛び込んでいく自信はなかったので、あくまでも遠くから気になる人のことを眺め続けていた。

やがて少年がどこか旅に出ることを知って悲しくなり、いっそのことついて行ってみようかと考えたこともあった。

けれどピケは人知れず自重した。

旅に出る目的が、恐ろしい怪物たちの長を倒すためというのは理解していた。

そんな危険な旅に、今の弱い自分がついて行ったところできっと邪魔にしかならない。

また少年に助けられることになってしまう。

あぁ、もっと自分が強ければ……。

そう思ったピケは、いつか少年と並んで歩けるように、今から強くなろうと密かに決心した。

もし自分が怪物を簡単に倒せるくらい強くなったら、少年の旅について行っても迷惑はかけないはず。

むしろ手助けをして褒めてもらえるかもしれないとピケは思い、気持ちを昂らせて強くなるための修業を始めた。

よく食べ、よく動き、よく眠る。

具体的にどういうことをすればいいのかわからなかったので、ピケは本能に従ってまずは体を大きく育てることにした。

小さな体のままでは、怪物に対抗できるはずがないと思ったから。

そして充分な大きさまで育つと、それからピケは森の中で怪物退治を始めた。

少年が暮らしていた村には、森の怪物に悩まされている人たちが少なからずいる。

その人たちの助けにもなるし、怪物と戦う練習にもなる。

そう考えて森での怪物退治をして、ピケは我流ながらも戦い方を着実に覚えていった。

ついでに修業の中で、体を小さくする不思議な力も目覚めた。

大きな体は人を怖がらせてしまうかもしれないと不安に思っていて、その気持ちが力となって覚醒したのかもしれない。

そんな修業の日々を過ごすこと、早六年。

いつも相手にしていた怪物の様子が、少しおかしくなったことに気が付く。

毎日怪物を相手にしていて、野生動物として鋭敏な感覚を有しているピケには、その変化が顕著に映った。

そしてふと確信する。

怪物の長が倒されたことで、世界に蔓延っている怪物たちの力が弱まったのだと。

少年の旅が無事に終わったのだと。

ピケはそれから少年の帰りを期待して、村の近くで静かに待つようになった。

やがてその想いが届いたかのように、かつて少年だった青年は故郷の村に戻ってきて、ピケは密かに尻尾を揺らした。

すぐにでも飛びつきたい気持ちでいっぱいだったが、久々の帰省に水を差してはいけないと一時踏みとどまることにした。

焦る必要はない。彼は無事に帰ってきたのだから。触れ合える機会はまたすぐに訪れる。

すると翌日には、青年は育ての親らしき人に別れを告げて、村を出ることになってしまった。

また旅に出るのかもしれない。そう思った直後に、我知らず青年の前に姿を現していた。

懐かしい雰囲気。安心する匂い。やっぱりこの人について行きたい。

眼差しと仕草だけでその意思を伝えようとすると、青年はそれに気付いたかのように優しく問いかけてくれた。

「もしかして、お前も旅についてきたいのか？」

そう聞かれた時は、嬉しさが一気に頂点まで達した。

歓喜の感情と頷きを同時に返せるうまい表現方法が思い浮かばず、ピケは咄嗟に頭を擦りつけることしかできなかった。

それでもこちらの気持ちが伝わったようで、青年は旅に連れていってくれることになった。

こうして正式に、懐かしい雰囲気と匂いを持つ青年がご主人になってくれた。

ピケという名前も付けてくれて、心待ちにしていた旅の同行は最高の走り出しとなった。

昔は弱かったけど、今はすっかり強くなったんだ。

きっとご主人の役に立ってみせるよ。

旅のお手伝いもたくさんしたいな。

ピケは、自分が何者なのかわかっていない。

けど、そんなことはもう気にしない。

今はただ……。

「ピケ、次の町に出発しよう。ちゃんとついてくるんだぞ」

ご主人のお手伝いができれば、それで充分幸せなのだ。

そして今日もその幸せを噛みしめながら、ピケは大好きなご主人の後ろをポテポテと歩いてついて行く。

第四章　水の都で観光と温泉を

ダマスクの町に数日滞在し、モアレ地方の薬草をあらかた採取した後。

俺とピケは水の都バブルドットに向かうために、ダマスクの町を後にすることにした。

すでに欲しかった薬草は充分に集まった。

バラシアのガイドのおかげでお土産選びにも迷わなかったし、一緒に巨木の下の商業区『ダマスクマーケット』を回って楽しく過ごすこともできた。

ダマスクの町を堪能し尽くしたため思い残すことはない。

そしてバラシアともひとつの約束を交わしたので、別れは爽やかなものになった。

『今度は私の住む町にも遊びに来てください。楽しいところもたくさんありますから、色々とご案内させていただきます！』

『うん。いつかピケと一緒にお邪魔させてもらうね』

そう言って、故郷の町へ帰っていくバラシアを見送ったのだった。

ただ、ピケは少し寂しそうにバラシアの背中を見届けていた。

それだけバラシアのことを気に入っていたということだろう。

彼女が親しみやすい性格だったというのもそうだろうけど、ピケはもともと人懐っこい子だし、また行く先々で出会った人たちとすぐに仲よくなれるんじゃないかな。

それが改めてわかり、様々な期待を胸に俺とピケはバブルドットを目指して馬車に乗り込んだのだった。

馬車を乗り継いで町を転々とし、トップス王国からアウター王国へと景色が変わる。

自然豊かなトップス王国と比べて、アウター王国はどちらかと言えば川や湖などが多く水がよく目に飛び込んでくる景観をしていた。

その影響か湿度もそれなりに高くて、まあまあ暑い。

馬車の中で子犬モードになっているピケが、犬のように舌を出して「へっへっ」と体温調節に勤しんでいる。

体の構造が本当に犬に近いのだろうか？

ともあれ手持ちの水などを飲ませてあげたり、うちわで扇《あお》いだりしてあげた。

そんな馬車の旅を続けていると……。

「あっ、見えてきたよピケ」

遠方に水路や噴水が目立つ、違う意味でみずみずしい町の景色が見えてきた。

水路や噴水を巡る水は、噂通りキラキラと輝いて見えて、町の景観を彩っている。

全体的に白を基調とした石造りの建物が多く、見た目から清潔感と爽やかさを感じて観光名所に相応しい場所だと思う。

写真でしか見たことがないけど、前世にも外国の海沿いにこのような町があった気がする。

ダマスクの町を旅立ってから、およそ一週間。

ようやくのことでバブルドットに辿り着き、俺の心は高揚感で満たされたのだった。

やっぱり見たこともない国や町に行くのはワクワクする。

ここではどんな美味しいものが食べられるか。おもしろいものが見られるか。珍しい素材が見つかるか。

色んな楽しみがあるから、旅はやめられない。

「ピケにも美味しいもの、たくさん食べさせてあげるからね」

抱えているミニピケにこっそり話しかけると、ピケはくいっと顔を上げて、チロッと俺の頬を舐めてきた。

よしよしとピケの頭を撫でながら、俺はふとバラシアが言っていたことを思い出す。

『ちょっとくらい前から、バブルドットで一部の魔力水の購入が制限されてませんでしたっけ？』

俺はそのような話を聞いたことがなく、バラシアの口から聞かされた時は驚いたものだ。

ただ彼女も人伝てに聞いただけだから、実際のところはわからないと言っていた。

もし本当に購入制限されているとしたら、俺としては望ましくない展開である。

勇者パーティー時代からバブルドットの魔力水は気になっていたし、機会があれば手に入れて道具製作の素材として使おうと思っていたから。

制限されているとしたら具体的にどういう風に？　ひとり何個までの購入とか？　道具作りの試作のためにいくつか仕入れておきたいんだけどなぁ。

高揚感の傍らでそんな小さな不安を抱いていると、馬車は滞りなく進んで町の入り口に辿り着いた。

ピケと一緒に馬車から降りて、バブルドットの爽やかな空気を吸い込む。

「よし、じゃあさっそく宿探しをしようか。無事に取れたら、商業施設の方に行ってみよう」

腕に抱えたピケにそう話しかけると、ピケはまるで頷くみたいに「くぅ」と鳴いた。

人混みがまあまあすごいので、ピケには引き続き腕の中にいてもらう。

そんな形で町の大通りを進んでいると、至るところにある魔力水の流れる水路が目に飛び込んできた。

キラキラとしている水に触れて、気持ちのいい冷たさを感じる。

魔力水にも種類があり、薬の調合に適したもの、武器製作に応用できるもの、温泉として人体に有益な効果をもたらすものなど様々だ。

そして町中の水路に流れているものや、噴水から湧き出ている魔力水は基本的に人に無害なものと聞いている。

ただ飲むのはさすがに衛生的によろしくないらしい。

ピケがくんくんと匂いを嗅いだので、飲んじゃダメだよと軽く注意を促してから、俺は宿屋探しを再開しようとした。

だが、それよりも早く不穏なものを見てしまう。

「うわっ、あの噂は本当っぽいな」

魔力水を販売していると思しき商業施設。

そのお店の前に、目を見開くほどの行列ができていた。

これ、多分噂の購入制限を設けられている魔力水を求める人たちの行列だよね。

看板を読むと、飲料水として服用するだけでも肉体活性を促す効果があり、鍛冶、調薬、料理、化粧品製作などなど様々な分野で重宝される高濃度の魔力水だとわかった。

見たところ並んでいる人たちの多くが生産職の人間だと窺える。

みんな高濃度の魔力水を求めてここに来たらしい。

「抽選券の配布を始めます。押さずにおひとりずつお受け取りください」

行列に驚いて見入っていると、やがてお店の中から従業員らしき人が出てきた。

その人は並んでいる人たちになにやら券を配り始める。

抽選券の配布と言っていたところから、高濃度の魔力水は抽選販売となっているようだ。

おひとり様いくつまで、という購入制限ではなく、販売そのものが抽選形式だとは。

これは高濃度の魔力水を手に入れるのはなかなかに骨だな。

とりあえず俺も列に並んで抽選券だけは入手しておく。

そこには番号が書かれていて、俺のは〝122〟となっていた。

ついでに販売個数はひとりひとつまでという記載もある。

「うーん、できれば瓶詰め三本分くらいは欲しいんだけど……」

ひとつ分を確保するのも難しそうな状況だとは思いもしなかった。

道具作りの素材にするには、正確な加工方法を模索する必要がある。

高濃度の魔力水を用いて道具作りをした道具師は過去にほとんどいなかったのか、調べても加工方法は出てこなかったので自分で試す他ないのだ。

それだけではなく色々な道具の試作に使いたいので、なるべくたくさんの魔力水が欲しい。

もはや自分で採取しに行った方がいいかな？

いやでも、高濃度の魔力水の水源は、バブルドットの地下に保有されていると聞く。

当然、一般人の立ち入りは許されていないだろう。

ていうかどうして購入制限なんてされているんだろう？

汎用性が高くて人気なのはわかるけど、これまではそんな話まったくなかったじゃないか。

最近、度を超えた買い占めをした迷惑客がいたとか？　それとも時期によって魔力水の生産量が低下するとか？

確か近くの山で溜まった雨水が地層を通じてバブルドットの地下まで流れ着いて、地下水脈として水源になっているって話だよね。

地層が特殊だから、流れ着くまでの過程で水に魔力が宿って魔力水ができあがるのだとか。

雨がまったく降らない時期とかになったら、こういう品薄状態とかになったりするんだろうか？

でも別にアウター王国に乾季が到来したという話も聞いてないよなぁ、なんて思いながら再び宿探しのために通りを歩き出そうとした時、魔力水のお店の前にいた男性ふたり組の会話が不意に耳に入ってきた。

「今回もこの人数だと無理そうかなぁ。早く普通に販売再開してほしいもんだぜ」

「まあ汲《く》み上げ装置の長期点検なら仕方ねぇよ。気長に待とうぜ」

それを聞きながら俺は歩き出し、耳にした情報を頭の中で整理した。

汲み上げ装置の長期点検。

多分地下から魔力水を汲み上げる装置のことだろう。

それが長期にわたる点検が必要になってしまったために、魔力水の汲み上げができなくなったのか。

じゃあ今販売している分は、点検前に汲み上げた魔力水の在庫を切り崩しているものということ。

どうりで購入制限がされているはずだ。

「はぁ、これじゃあ大量に買うのは無理かなぁ」

人知れずそう呟くと、腕の中のピケがくいっと顔を上げた。

そして慰めてくれるように頬をチロッと舐めてくる。

抽選販売に関しては、おそらく当選はすると思う。

俺はなにかと運がよくて、日常的に幸運な場面に遭遇することはこれまで何度もあったから。

けど当選したところで買えるのは、瓶詰めひとつ分の魔力水だけだろう。

こうなると時期を改めた方がいいのかなという気になってくる。

そんなことを考えながら並行して宿探しをしていると……。

「――っ⁉」

雑踏の中、ある人物とすれ違った瞬間に甘い香りが鼻腔をくすぐってきた。

俺は咄嗟に後ろを振り返る。

その独特の甘みを含んだ香水の匂いに覚えがあったから。

すると視線の先には、茶色の長髪を靡かせて歩く、見覚えのある後ろ姿の女性がいた。

「……タフタ？」

タフタ・マニッシュ。

幾度となく勇者パーティーの冒険を邪魔してきた因縁深き冒険者。

あれは間違いなくタフタ・マニッシュだ。

どうして奴がこの町に？

幸いすれ違った際にこちらには気付かなかったようで、タフタは雑踏を縫いながら通りを歩いていた。

その後ろ姿が次第に遠ざかり、人混みの中に消えていってしまいそうになる。

一瞬、思考が停止して固まってしまったが、俺はわずかな逡巡ののちに前方に向けていたつま先をタフタの方に修正した。

そして一定の距離を保ちながら奴の後ろについていく。

なにか明確な理由があっての行動ではない。

過去の因縁に関して文句を言ってやろうとか、鬱憤を晴らすために悪戯をしてやろうとかそういう気概は一切ない。

ただ、なんとなく嫌な予感がしたのだ。

タフタが関わるといつもろくなことがなかった。私利私欲のためだけに動く奴は周りの迷惑を顧みずに何度も犯罪すれすれの悪事を働いてきた。

だからこの町でも、なにかしら悪だくみをしているのではないかと思ったのだ。

もしそれが本当で、かつ俺だけの力でそれを事前に止められるような状況なら、なるべくは止めてやりたいと思ってこの尾行を始めた。

多分あのお人好しな勇者も、この場にいたらきっと同じことをしていただろうから。

そんな思いからタフタの尾行を開始して、雑踏の中を歩きながら奴の背中を追っていく。

腕の中のピケも慎重な空気を察したのか、心なしか息遣いを小さくしてなるべく存在感を薄くしてくれた。

すると不意にタフタは、大通りを折れて小道の方へと入っていく。

慎重にその小道を覗くと、大通りと比べて人気がほとんどないことがわかる。

向こうも熟練の一級冒険者である以上、下手に追えば見つかる可能性が高くなる。

もしこちらの存在に気付かれたら、タフタの企みを知ることはできなくなってしまうだろう。

ていうか純粋に見つかりたくない。顔を合わせたらいったいまたどんな皮肉や罵倒《ばとう》を浴びせられるかわからないから。

『よかったわね、たまたま勇者ブロードと幼馴染で。でなきゃあんたみたいな腐るほどいる道具師なんて勇者パーティーにいられるはずないものね』

嫌なことを思い出してしまった。

勇者パーティーにいた時、冒険中にタフタのパーティーと何度も会う機会があった。

そして事あるごとに、タフタはブロードたちがいない瞬間を狙って俺に接触してきて、そんな皮肉を言ってきたのだ。

その理由はなんとなくだけど想像がつく。

俺はいわば勇者パーティーの穴のような存在だから、勇者パーティーが気に入らないタフタにとっては攻撃しやすい対象だったのだろう。

他の連中は希少な天職を授かった秀才たちだったし、勇者パーティーを瓦解させるなら当然俺から崩しに来るはずだ。

なんて嫌な思い出は、かぶりを振ってすぐに振り払い、俺はなにもない空中を右手の人差し指で二度叩く。

ウィンドウが出現すると、手早く操作してアイテムウィンドウを開き、そこから『闇夜の外套』を取り出した。

タフタに見つからずに尾行を続けるのなら、この道具の隠密性能は確実に力になってくれるだろう。

ただ、突然人が消えるという怪奇現象で騒ぎが起きないように、周りに見られていないことを確かめてから俺はそれを羽織った。

「よし、これで大丈夫」

俺の姿は今、傍から見れば完璧に消えているはず。

臭いや足音もしないので、これで奴に気付かれずに尾行を続けられる。

少し大胆に行動しても問題がなくなったので、俺は小道を小走りで進み出した。

すぐにタフタの背中を視界に捉えると、念のために木樽《きだる》や木箱の裏に隠れながら奴の跡を追っていく。

どんどん小道の奥の方へと進んでいき、もしかしてこちらの尾行がバレてどこかに誘導されているんじゃ、という懸念が微かに生まれてきたその時……。

タフタはある小屋の前で立ち止まり、乱暴な仕草で扉を開けた。

そして屋内へと入っていき、姿を消してしまう。

慎重に忍び寄ってその石造りの小屋を確認してみると、扉には小さな木製看板がかかっていた。

【働《はたら》き蜂《ばち》の隠れ家】

小窓があったのでついでに中を覗いてみると、狭い屋内にはカウンターらしきものと棚に並べられた酒瓶が見えた。

ここはもしかして酒場？

隠れ家的なバーって感じなのかな？

外観だけだと、なにか闇の取引現場に使われていそうな小屋だったので、ちゃんとしたお店だとわかって少し安心する。

タフタはここにお酒でも飲みに来たのだろうか？

だとしたらこれは尾行ではなくただのストーカー行為になってしまう。

その罪悪感を払うために、早々にこの場を立ち去るべきだろうかと考えていると、視界に席についたタフタが映った。

そして彼女の隣に、見覚えのない中年男性が座っている。

「誰だろう、あの人……？」

タフタのパーティーには三人の仲間がいるが、その誰とも違う人物だ。

しかもお高そうなフロックコートを着ていて装飾品もたくさん身に着けている。

いったいどういう関係なのだろうかと息をのみながら窺っていると、ふたりは会話を始めた様子だった。

しかし屋内の会話は外まで聞こえてはこない。

いくら闇夜の外套を羽織っているからといって、さすがにここまで狭いお店に扉を開けて入れば確実にバレてしまう。

こうなったら……。

「道具の出番だな」

俺はまたアイテムウィンドウを開き、その中からひとつの道具を取り出した。

青い石があしらわれた耳飾り。

名前は『秘密好きの耳飾り』という。

これは装備することでわずかに聴力を向上させられる耳飾りだ。

効力の大きさとしては、周りから聞こえてくる音が気持ち少しだけ大きくなったかな、と思うくらいのなんとも微妙な性能である。

しかし道具製作の際にレア素材である『鉄蝙蝠《てつこうもり》の鋭翼《えいよく》』を加えると、その性能が著しく向上するのだ。

その性能の上がり具合は勇者パーティーのみんなが身を持って味わっている。

『なによこの耳飾り！　いくらなんでもうるさすぎよ！』

『ち、近くで叫ばないでくれ！　耳が痛いから！』

これを着けた瞬間、周りから聞こえてくる音が、テレビの音量を一気に最大値まで引き上げたくらいの変化があったからなぁ。

賢者ビエラはあまりのうるささに怒りながら耳飾りを外していたし、その怒声で他の俺たちは頭が痛くなったものだ。

魔物生息地を探索する時など、魔物の接近を気取るのに便利な道具にはなったけど、如何せん耳がよくなりすぎてしまうのは欠点でもある。

町中の喧騒や魔物の咆哮《ほうこう》で鼓膜が破れそうになるレベルだから、そんな理由もあって俺はこれを使うのがあまり好きではない。

ただ、今の状況に限って言えば最適な道具である。

「これで、よし……」

俺は『秘密好きの耳飾り』を着けて、小屋の中の会話に耳を傾けた。

すると……。

「……君たちのために武器と傷薬は充分に用意したはずだ。もうこれ以上の支援はできないぞ」

「あっ、そう。なら別に私たちは今回の依頼を下りても構わないのよ。この町がどうなろうと関係ないし」

狙い通り、お店の中の会話が聞こえてきた。

ただその内容が、なんだか穏やかならないものだったので俺の緊張感はさらに増す。

この町がどうなろうと……？　タフタはセレブチックな中年男性といったいなにを話しているのだろうか？

「依頼の達成のために資金が必要なのは理解できる。だがいくらなんでも提示資金が高すぎるのでは……」

「だから思った以上にその依頼が厄介だったって何度も言ってるでしょ。あんな化け物を相手にするのなんて初めてなんだから。さっさと追加の資金を寄こしなさいよ」

中年男性は頭を抱えたまま歯を食いしばり、タフタはダンディな雰囲気の白髪マスターから出されたナッツを不機嫌そうに口に放り込んでいる。

話を聞くに、タフタはあの男性からなにか討伐依頼を受けたのか。

それで男性側が武器や薬も用意していたけど、それだけの支援では足りないからタフタは追加資金を要求していると。

どんな依頼内容で、ふたりの間でどのような約束が交わされたのかは定かではないけど、この大通りから離れた小さな酒場でこっそり会っていることから、周りの人にはあまり聞かれたくない内容のようだ。

マスターはどちらかの関係者なのか普通に話を聞いているけど。

タフタに追加資金を求められた男性は、ますます顔色を悪くして返す。

「し、しかし成功報酬だけで三百万クローズも要求した上で、さらに百五十万クローズの前資金なんて。これ以上はもう私の懐からは……」

「なら町の金でもなんでも抜いてくればいいじゃないの。町長さんなんだからそれくらい簡単にできるでしょ？」

「バ、バカを言うんじゃない！　町の経営資金を動かせば勘づく奴が出てくるだろ！　このことを知っているのはごく一部の者たちだけなんだぞ」

その会話を聞いて、思わず声が漏れそうになった俺は、口を手で押さえる。

闇夜の外套のおかげで諸々の音とかは外に漏れないので余計なことではあったが、それほどの衝撃を受けたのだ。

まさかタフタと話していた男性がこの町の町長さんだったなんて。

町を統治するほど偉い人と、内密な依頼の話をしているわけだよな……。

ますます不穏な雰囲気が濃くなってきて、タフタがどんな依頼を引き受けたのか一層気になってきた。

「ま、まさか君、自分の仲間たち以外にこのことを話していないだろうな。依頼内容、それに準ずることを口外するのは前もって禁止に……」

「落ち着きなさいよ、町長さん。言ってるわけないでしょこんなこと。というかもしこれが世間に知られていたら、今頃この町は大騒ぎになってて、あなたはここで一杯やってる暇もなくなってるんだから」

町が、大騒ぎになる？

心臓の音が大きくなっていくのを人知れず自覚していると、不意にタフタが不敵な笑みをその頬に浮かべる。

そして指で摘まんだナッツをパキッと割ると、欠片がカウンターの上に散らばる様を見ながら、町長に脅しでもかけるように衝撃的なことを口にした。

「だってそうよね。高濃度の魔力水の水源に〝汚染〟が見つかったなんて民間人に知られたら、お客たちは大パニックでこのバブルドットは観光地としてのブランドが地に落ちてしまうんだもの」

「…………」

魔力水の水源に、汚染が見つかった？

なにかの冗談かと思ったけど、タフタと話している町長さんは険しい顔で固まったままだ。

本当に水源が汚染されているのか。

しかも高濃度の魔力水って……。

『抽選券の配布を始めます。押さずにおひとりずつお受け取りください』

俺はポケットに入れていた一枚の紙を取り出す。

【12】と書かれたその紙を見て、俺はこの町で起きていることを静かに悟った。

高濃度の魔力水は、現在購入制限が設けられているあれのこと。

抽選販売になったのは、魔力水を汲み上げるための装置が長期点検に入って供給が追いついていないからだと聞いたけれど……。

それは嘘だったということか？

住民や観光客たちをパニックにさせないために、それらしい理由をでっち上げたのなら納得できる。

でももしそれが事実だとしたら、魔力水を財源にしているバブルドットにとっては致命的な一打である。

タフタが言ったように、バブルドットは魔力水と温泉を名産にしている観光名所なので、心臓とも言える水源が汚染されたと知られればブランドは地の底まで失墜するのは明らかだ。

話を聞くに汚染されたのは高濃度の魔力水の水源だけのようなので、それ以外の商品や温泉、町の水路を流れる水には影響がないみたいだけど。

水源の汚染、というだけで水を名産にしているバブルドットにとっては最悪のイメージに繋がってしまう。

「ここまで築き上げたバブルドットのブランドを落とすわけにはいかないんだ。だから腕利きと噂の君たちに、汚染の原因の魔物を討伐するよう依頼を出したんじゃないか。それなのにいつになったら……」

「だ、か、ら……そのためには相応のお金が必要なのよ。特別な装備を揃えたり道具を用意したり、色々とね」

タフタは町長さんを脅迫でもしているかのように、資金の催促をしている。

町長さんは文字通り頭を抱えながら、項垂《うなだ》れるように深く俯いてしまった。

おおかた話が見えてきたな。

バブルドットの財源である魔力水の水源に汚染が見つかった。

町の信頼を落とさないために、内密で水源の汚染を解決する必要がある。

そこで依頼を託されたのが一級冒険者のタフタのパーティー。

汚染の原因が魔物にあるのだとしたら冒険者に依頼を出すのは当然の流れだから。

しかしタフタは、町長さん側が用意した武器や道具だけでは魔物の対処ができないからと資金援助を求めている。

その額が膨大だったため、ただでさえ財源が抑えられて懐が厳しい町長さんは頭を抱えていると。

難儀な問題にぶつかってしまったみたいだな。

「……少し、考えさせてくれ」

「高濃度魔力水の貯水もそろそろ底を尽くんじゃないの？　本格的に販売中止になる前に早めに決断することね。私たちも資金がなきゃ動けないわけだし」

それで会話が終わったのか、タフタは席を立つ。

そして出口に向かって歩き、扉に手をかけると、いまだに項垂れている町長さんに対してへらへらとした顔で手を振った。

「それじゃあね、ギャバジン町長さん」

そうして店から出てきたタフタは、俺の真横を通って元来た道を引き返していく。

ちゃっかり町長さんの支払いになっていることにはツッコまずに、俺は店の中と遠ざかっていくタフタの背中を交互に見て逡巡した。

このままタフタを追いかけるべきだろうか？

これ以上追ってなにか意味があるかな？

もう下手に首を突っ込まない方がいいだろうか？

そう思い悩んでいると、不意に小屋の中から声が聞こえてきた。

「ギャバジン、頼む相手を間違えたんじゃないか？」

まるで西部劇で葉巻を銜えたガンマンを思わせるような渋い声。

ずっと口を閉ざしていたダンディな雰囲気のマスターが、町長さんに優しげに声をかけていた。

「早急に汚染を解決したかったからとはいえ、手当たり次第に一級冒険者たちに依頼を出すなんて。焦りすぎだと思うがね」

「いつ有力パーティーがつかまるかもわからないんだ。そうする他なかったんだよ。実際今のところ返事を寄こしてきたのはタフタ・マニッシュだけだからな」

ふたりがどのような関係なのかは定かではないけど、マスターはやはり今回の事情を知っているくらい親しい相手らしい。

にしても一級冒険者たちに手当たり次第に依頼を出していたのか。

基本的に一級冒険者は忙しい身だし、早く腕利きの冒険者を呼び寄せたかったら最善の策と言えるか。

それで返事をしてきたのがタフタのパーティーだけだったから、彼女たちに依頼を任せることにしたと。

まああれだけ勇者パーティーの邪魔をしてきたタフタパーティーだけど、その実力は確かだからな。

そう思っている俺の耳に、心臓をドキッとさせるような会話が耳に入ってきた。

「やはり実力と名声を兼ね備えた剣聖ツイードや、勇者ブロードのパーティーに任せた方が確実だったんじゃないか？」

「もちろん彼らにも依頼の手紙を出したさ。だが多忙なためか返事はなかった。勇者パーティーの方は魔王討伐の使命を果たし、じき解散するという噂も聞く。彼らの助けは期待できない」

ブロードたちにも……。

確かに勇者パーティーは、魔王討伐の使命を果たしたので各々の目的のために解散する予定となっている。

剣聖も忙しい身と聞くので、タフタだけしか返事がなかったのも仕方がないことかもしれない。

その時、俺の脳裏に勇者ブロードや剣聖ツイードの顔がよぎり、同時に微かな違和感が湧いた。

聞いた通り、勇者や剣聖は実力と名声を兼ね備えた英雄たちだ。

彼らの活躍をより近くで感じてきた者なので、その評価はなおのこと妥当だと思える。

そしてそんな彼らには一歩及ばずとも、迫るほどの実力を持っているのがタフタとその仲間たちだ。

そんな奴らが、武器や道具も用意してもらったのに、水源汚染の原因である魔物が倒せないだと？

それほどまでの強敵が、魔王討伐後で魔族の力が軒並み弱まったこの世界に、果たして存在するのだろうか？

「…………」

気付けば俺は、知らず知らずのうちに耳飾りを外して元来た道を走りだしていた。

タフタと町長さんの先ほどの会話に少し違和感を抱いたので、タフタの後を追うことにしたのだ。

タフタの天職は【魂操師】。

魔物を倒して消滅した際、稀にその魂を得ることができ、肉体を復元させて戦わせることができる。

テイマーやサモナーに近い力だ。

その力はかなり異質で、ブロードやツイードのように個の強さではなく、数の暴力が光る天職だと言えるだろう。

奴はその力と仲間を駆使して一級冒険者の地位に昇り詰めるまでに至った。

そんなタフタたちが、武器や道具も用意してもらって敵わなかった魔物がいる？

もしそのような怪物が仮にいたとして、支援金を追加でもらったところでなにか手を打つことはできるだろうか？

なにより百五十万クローズなんて大金、いったいなにに使うつもりなのだろうか？

七、八年は働かずに暮らしていける金額だぞ。
俺はそのあたりに違和感を覚えて、引き続きタフタの尾行をすることにしたのだ。

あまり早く歩いていなかったのか、すぐにタフタの背中が見えてくる。

闇夜の外套を羽織ったまま静かに奴の後ろを追っていると、やがて通りの方へ出て人ごみのなかに紛れていった。

それでも見逃さずについていくと、ほどなくしてタフタは変哲もない宿屋へと辿り着く。

すでに部屋を取っているのか、受付で顔を見せただけで通行を許可されて、二階へと続く階段を上っていってしまった。

「うっ、どうしよう……」

ここはさすがに足踏みしてしまう。

宿屋はお金を払ってプライベートな空間を提供してくれる場所だから、この手の道具を使って部屋に近付くのは罪悪感が湧くんだよな。

まあ廊下までならセーフかと思いつつ、俺は闇夜の外套で受付を素通りして、タフタと同じく階段を上がっていった。

二階へと辿り着くと、ちょうどタフタが一番奥の部屋へ入っていくのが見えて、俺はその部屋に近付いてみる。

すると部屋の中から聞き覚えのある声が複数聞こえてきた。

タフタの仲間たちの声。どうやらここはパーティーメンバーたちで泊まっている宿部屋らしい。

会話の正確な内容まではわからなかったので、再び秘密好きの耳飾りを着けることにした。

違和感の解消に来ただけなので、特になにも新しい情報を掴めなさそうだったら早々に立ち去ることにしよう。

という俺の心中を嘲笑うかのように、さっそく聞き捨てならない会話が耳に飛び込んできた。

「で、町長との取り引きはどうだったんすか、タフタの姉貴？」

「えぇ。吹っかけるだけ吹っかけてやったわ。まああの様子ならじきに町の金に手を出すでしょうね」

……吹っかけた。

それがあの支援金百五十万クローズのことであると、言われずともわかる。

やっぱりあの金額は過剰に請求したものだったんだ。

いや、そもそもそれ以前に……。

「なあタフタの姉貴、やっぱ成功報酬ももらえるなら倒しに行った方がいいんじゃないっすか？　だって三百万すよ、三百万」

「ハッ、バカね。本気であの化け物を倒せると思ってんの？　下手したらこの中から死人が出るわよ。だからせいぜい支援金をあの町長から搾るだけ搾ってトンズラするのが正解なのよ」

「ま、それが一番いいっすね！」

「…………」

こいつら……。

なにか裏があるのかもしれないとは思ったけど、まさかこれほどまでに下衆なことを考えているとは思ってもみなかった。

水源の汚染の原因となっている魔物を倒す気なんか、こいつらにはさらさらなかったんだ。

いや、口ぶりから察するに、最初は討伐する気はあったみたいだがそれができないとわかって、少しでも町長さんからお金を騙《だま》し取って逃げようと考えたみたいだ。

もらった資金は魔物討伐に費やしたけど、惜しくも討伐には至らなかった、という言い訳でもすれば罪に問われることはないだろうから、こいつらは無傷で百五十万クローズを持ち逃げできる。

部屋の中からへらへらとした笑い声が聞こえてきて、俺は思わず中に飛び込んで文句のひとつでも言ってやろうかと思った。

けど、秘密好きの耳飾りを外したところで、寸前で理性が勝って踏みとどまる。

ここで俺が感情を爆発させたところで、なんの解決にもならない。

それよりも他にやるべきことがあるんじゃないのか。

「……やっぱり、俺が行くしかないよな」

別に、お金を騙し取られそうになっている町長さんを助けようと思っているわけじゃない。

助けたいだけなら、今からあの酒場に戻ってタフタたちの思惑を告げ口してしまえばいいだけだから。

じゃあ散々俺たちの邪魔をしてきたタフタたちに仕返しをするためかと問われると、それにもかぶりを振らせてもらう。

そう、俺はただ純粋に、〝素材〟が欲しいだけなのだ。

道具師として、道具製作に使うための希少な素材が。

バブルドットの水源が汚染されたままでは、いつまで経っても高濃度の魔力水が市場に普及せず、思うように買うことができない。

だから俺が、水源を汚染している魔物を倒しに行く。

『やはり実力と名声を兼ね備えた剣聖ツイードや、勇者ブロードのパーティーに任せた方が確実だったんじゃないか？』

いや、もしかしたら……。

俺はなにかを証明したかったのかもしれない。

魔王討伐を果たした勇者パーティーの名声は、すでに世界全土に轟いている。

勇者ブロード、賢者ビエラ、聖騎士ラッセル、聖女ガーゼの四人は名実ともに英雄となったのだ。

そこに名前を刻むことを望まなかったのは俺だから、こんな気持ちになるのはお門違いと言えるけど。

悔しくて、それでいてなんだか寂しい。

だから俺も、あいつらの仲間だって証明したいのかもしれないな。

勇者パーティーに任されるはずだった、今回のバブルドットの水源汚染を解決して。

「ただ、ひとつ問題があるな……」

俺は宿屋から出て、近くの小道で闇夜の外套を脱ぎながら眉を寄せる。

水源を汚染しているらしい魔物は、あの一線級であるタフタのパーティーが討伐困難と断定するほどの化け物だ。

果たして俺ひとりで討伐することができるだろうか？

懐に残されている道具も数が少ないし、新しい道具を作ろうにも素材と時間が足りない。

もたもたしていたらバブルドットの水源汚染が世間に知られて、町中もパニックになり高濃度の魔力水を手に入れられる状況ではなくなるだろうから。

いったいどうしたら……。

――ペロッ。

「……ピケ？」

抱えているピケが、不意に俺の手元を小さな舌で舐めてきた。

目を落とすと、ピケは眼下からくりっとした瞳で視線を返してくる。

そしてなにか言いたげに、ジッとこちらの目を見据えてきた。

「もしかして手伝ってくれるのか？」

今の俺の状況を察して、助け船を出してくれようとしているのかな？

もしそうなら百人力だし、すごく助かるんだけど。

まさかと思って問いかけてみると、ピケはまるで頷きでも返すみたいにペロペロと俺の頬を舐めてきた。

「……ピケ、ちょっとだけお前の力を貸してくれ」

無茶なことはさせないし、今回は俺が前に出て戦うから。

きっとふたりなら大丈夫だ。

「いい汗かいて、一緒に気持ちいい温泉に入ろう」

俺はひとつの信念を胸に、ピケと共に水源汚染の一件をひっそりと解決することにしたのだった。


バブルドットの名産である高濃度の魔力水は、地下水脈から汲み上げていると聞く。

しかしその水は地下から湧いているわけではなく、町の近くにあるマラケシュ山で溜まった雨水などが地層を通って地下に流れ着いているものらしい。

そのため水源はマラケシュ山そのものということになり、汚染の原因である魔物は山のどこかにいることになる。

二日間による軽い下調べでそこまでわかると、俺とピケはさっそくマラケシュ山に向かうことにした。

早朝、寝ぼけ眼のミニピケを抱っこしながら馬車乗り場に到着する。

「へぇ、馬車が出てるのか。これはありがたい」

どうやら山の中腹辺りまでは道もそれなりに整備されているらしく、馬車が出ているとのこと。

中腹からはバブルドットを見渡す絶景が拝めるからと、観光客がよく足を運ぶそうだ。

でもそれなら、どうして魔物の目撃情報がまったく出回っていないのだろう？

町長さんからしたら騒ぎになっていないから好都合なんだろうけど、もしかしてくだんの魔物はさらに上の山頂付近にいるのだろうか？

ともあれ馬車が出ているということなので、ありがたく使わせてもらうことにした。

「ひとり往復三十クローズね。ワンちゃんはおまけしといてあげるよ」

御者さんにサービスされながら、俺とピケはマラケシュ山へ向かう馬車に乗り込む。

そしてゆらゆら揺られることおよそ三時間、お昼前に山の麓まで辿り着いた。

鬱蒼とした斜面と均された一本道が目に映る。

ここに、バブルドットを密かに窮地へと追い込んでいる恐ろしい魔物がいるとは、一見しただけではまったくわからない。

特に魔物の気配もないので、安全管理もきっちり行われているようだ。

馬車はそのまま道を進んでいき、やがてマラケシュ山の中腹まで辿り着くと、同乗者たちは特に警戒することもなくその場で降りた。

次いで皆は一様に、山の中腹から見えるバブルドットの町を一望し始める。

確かにいい景色だ。

バブルドットは美しい町としても知られているので、その全貌をひと目で把握できるこの場所が絶景スポットとして伝えられているのも納得である。

もしバブルドットの名産である魔力水の源が、魔物によって汚されていると知られたら、この絶景を楽しんでいる人々の平穏な様子も見られなくなるのか。

ブロードのお人好しでも移ったのか、ささやかな使命感が密かに湧いてくる。

「あれ、兄ちゃんとワンちゃんは乗らないのかい？」

「あっ、はい。俺たちは自分の足で戻ろうと思います」

時間が経ち、馬車はお客さんを乗せて町に戻ることになったが、俺とピケはそれに乗らずに見送った。

俺たちにはまだやることがあるから。

料金は往復分だったけど、まあピケの分をおまけしてもらったので結果的にはこれでチャラだ。

山の中腹に人の気配がなくなった後、ピケは元の大きさに戻り、一緒にさらに上を目指して歩き始める。

ここより先は人の手があまり介入していないのか、木々が生い茂っていて足元も荒れておりなかなかに険しい道となっていた。

足を取られないように注意しながら、俺とピケは慎重に進んでいく。

時折休憩も挟みながら、大体一時間ほど歩いてお昼直前になったくらいだろうか。

それなりに拓けた場所へと出た。

「なっ――!?」

そこにあったものを見て、俺は人知れず息をのむ。

おそらくこの辺りに立っていたであろう木々たちが、半ばから折れてそこら中に倒れていた。

ここだけ局地的な台風に遭ったかのような、なんとも奇妙な光景である。

なにより倒れている木々は、風に煽られて倒れたのではなく、根元の辺りがドロッと溶けている。

他の場所よりわずかに拓けていたのは木々が倒れていたからのようだが、酸でも浴びたかのような溶け方をしているのはなぜなんだ？

と、疑問に思っているその時、ピケが遠方の茂みを見据えながら唸り声を漏らし始めた。

釣られて俺もそちらに視線を移し、目を凝らしてみる。

するとそこには……。

「……スライム？」

意思を持って動くヘドロとも言うべき、紫色の半液状の生物がいた。

見間違いでなければ、あれは奇形種の『スライム』だ。

しかもとてつもない大きさをしている。

例えるならワゴン車と同じくらいだろうか。大型犬よりさらにひと回り大きいピケを丸のみにできそうなほどの大きさだ。

もしかしてこいつが、魔力水の水源を汚染している魔物？

だとしたら色々と納得できるけれど、想像以上に厄介な状況であることもわかってしまったぞ。

スライムといえば、前世のゲームを思い出す。

ファンタジー系のゲームでよく登場していた魔物で、弱くて大量生息しているイメージが強いが、この世界のスライムはそれとは正反対な存在だ。

希少で生息数も少なく、魔物としては上位の強さと厄介さを持ち合わせている。

ヘドロのような半液状のその体は、様々な毒素を持ち、おまけに強烈な溶解性まで兼ね備えている。

触れたあらゆるものをドロドロに溶かしてしまうため、武器や道具が壊されてしまうのはもちろん、強力な毒性もあるので数滴の毒液をかけられただけでも人体に取り返しのつかない影響を及ぼす。

聖女の高度な解毒魔法でも治療に時間がかかるほどだ。

そして攻撃性についてだけではなく、防御性に関しても他の魔物とは一線を画している。

スライムの半液状の体は熱や冷気、電気に強い耐性を持ち、どのような環境にも適応できる万能生物となっている。

当然、属性系の魔法も効果が薄く、討伐する方法は物理的な手段に限られてしまう。

ただその場合、接近を余儀なくされるので、スライムの手痛い反撃を食らう危険性が生じるのだ。

またスライムは、自らの身に危険を感じると、防衛本能によってその体を爆散させて数十体もの分裂体を生成する。

その一体一体に意思があり、付近の人間たちに飛びついて毒素と溶解性で耐えがたい苦しみを与えるとされているのだ。

知識なく下手にスライムに挑んで、分裂体に纏《まと》わりつかれて骨も残らなかった冒険者は数知れないと聞く。

そのためスライムを見つけたとしても、下手に刺激せずにどこかへ行くのを待つのが最善だと伝えられている。

「なるほど、タフタたちでもどうにもできなかったわけだ」

スライムが相手となると、さしものタフタパーティーでも音を上げてしまうのも無理はない。

しかもあの大きさだからな。

あそこまで成長が進んだスライムは見たことないし、毒素と溶解性も極限まで高められているだろうから、下手に挑めば死人が出ると言っていたのも頷けるな。

けど俺はここで諦めるわけにはいかない。

倒さなければ水源の汚染が解決されず、高濃度の魔力水がいつまで経っても手に入らないのだから。

「さて、どうしたもんかな」

幸いスライムはこちらに気付いていないようなので、落ち着いて考える時間はある。

ピケが警戒心全開で唸り続けていたので、いったん落ち着いてというように白い頭を撫でてあげた。

するとピケはピタッと声を止めて、なでなでの方に集中してくれる。

俺も気持ちが落ち着いたところで状況の整理だ。

見たところスライムの体の毒素が、接地面から地中にまで染み込んでしまっているらしい。

そのせいで地中に流れる雨水を毒素で汚し、それが魔力水の汚染に繋がっていると考えられる。

だからこのスライムさえ倒してしまえば、毒素の浸透は止まり、地中に残された毒素もじきに雨水に流されて完全に消えることだろう。

ただ、こんな大きさのスライム、いったいどうやって討伐すればいいのだろうか？

一応物理的な攻撃は通用し、体内に心臓となる核が存在するらしいので、武器を使って核を破壊するという倒し方がセオリーだと聞いたことがある。

また接近するのが危険なため、なるべく弓矢や投石といった遠方からの攻撃手段を用いることを推奨されていたはずだ。

実際に一度だけスライム討伐の場面に立ち会ったことがあるが、その時は弓矢と投石を駆使してヘドロの体を削っていき、核を剥き出しにしてから倒していたっけ。

しかしあの大きさのスライムに同じ手が通用するだろうか？

小さなスライム相手ならば、人数と時間をかければそれでいいだろうが、あの巨体にちょっとやそっとの矢と石はほとんど意味がない。

そもそも俺の手持ちにある戦闘用の道具は、炎の短剣と身体強化の指輪、それに爆弾と罠が少々といったところである。

これらはスライムには通用しないだろうから、別軸での討伐方法を模索した方がよさそうだ。

そもそも討伐ではなく撃退という手段を取るのはどうだろう？

この山から退かしてさえしまえば、汚染自体は解決するのだから。

と、一瞬だけ頭をよぎるけど、その場合どうやってこの山から下ろすのかという新たな壁にぶち当たることになってしまう。

緊急脱出用の道具である友鳥の美卵を使っても、魔力の鳥はスライムに長い間触れることはできないだろうから意味はないし。

それ以前にあれだけ危険な生物を、その場しのぎのために別の場所へ追いやるのはさらなる危険を生む可能性が出てくる。

幸いこの辺りには人が来ないから、特に大騒ぎにはなっていないけど、人里の方まで下りていってしまったらスライムの犠牲になる人だって出てくるかもしれない。

「ま、倒すしかないよな」

討伐の方向で改めて頭を回し始めるが、やはりいい策は思いつかない。

なんでよりにもよってあんな厄介な生物が、大事な水源の山に生息してるんだよ。

基本的に魔物は、魔素と呼ばれる不可視の力が集合することで生み出される。

そのため魔素が多く集まる森や山や洞窟なんかに無作為に出没するものだ。

だからここに現れる可能性も充分あるし、そのことに憤るのは筋違いではあるのだが、今だけは少し怒らせてほしい。

せめて〝毒素〟なんて要素がなければ、ただこの山奥でひっそりと生きているだけの無害生物だったんだけど……。

「んっ、毒？」

不意にその単語に引っかかりを覚える。

同時にある人物との会話が自然と脳裏に蘇り、俺はハッと息をのんだ。

『その薬草で作った薬は、百病百毒に効くと言われていて、実際に多くの病人や被毒者を元気にしている万能薬として知られています』

咄嗟に俺は、右手の人差し指でなにもない空間を二度叩き、ウィンドウを出現させる。

さらに手慣れた所作でアイテムウィンドウを開くと、ずらっと並んだ文字列を素早くスクロールしてある素材を探した。

ほどなくしてそれは見つかり、すぐさまアイテムウィンドウの中から取り出す。

白い茎に青色の葉を茂らせた薬草——天涙草。

数千種類の薬草が群生しているモアレ地方の森で、バラシアと共に探し出した薬草だ。

聞けば百病百毒に効く万能薬の薬草ということらしい。

もしかしてこれで解毒薬を作れば、体が毒素でできているスライムを弱らせることができるんじゃないのか？

そこまでできずとも、万能な解毒薬を作っておけば、いざスライムに毒をかけられても解毒することができるようになるじゃないか。

「……試して損はなさそうだな」

俺は天涙草をウィンドウに戻し、アイテムウィンドウからクラフトウィンドウへと切り替える。

するとアイテムウィンドウ内の素材がずらっと表示されて、その中から解毒薬の素材の選択を始めた。

作る道具は『医者いらずの毒消し』。

魔物や自然物から受けた些細な毒を、ほんの少しだけ除去して楽にしてくれる薬だ。

医者いらずなどという大それた名前ではあるが、効果は道具師の道具らしく名前負けしている。

ただこれもレア素材をうまく組み合わせることによって解毒作用が向上し、実用的な解毒薬へと変えることができる。

さすがにスライムの毒ほど強力なものを解毒することはできないけれど、ここに天涙草を追加素材として加えればさらに解毒作用は飛躍的に上がるはず。

バブルドットに来る前に、モアレ地方に行っておいて本当によかった。

「よし、これで大丈夫なはず」

医者いらずの毒消しの基本素材に、追加素材として天涙草を選択。

希少素材のため有効的な加工方法は調べてもわからなかったが、薬草なら加工方法の違いでそこまでの差は生まれない。

大体が生の状態か乾燥させるか、はたまた炙《あぶ》るかのいずれかだ。

それに俺はバラシアとの探索で四本もの薬草をもらうことができたから、それぞれ試す余裕があるし、とりあえずはそのまま解毒薬の材料として調合をしてみよう。

というわけで調合開始のボタンを押すと、ウィンドウが青白い光を放ち、画面が切り替わって『調合終了』の文字が浮かび上がった。

さっそくアイテムウィンドウに移り、作ったばかりの医者いらずの毒消しを取り出してみる。

「おぉ……！」

いつもは小さな瓶詰めにサファイア色の液体が入っているだけなのだが、今回作ったものは液体自体からほのかに白い光が放たれている。

見るからに神々しい一品になっていた。

これで解毒作用が大幅に上昇したのだろうか？

バラシアに聞いた話の通りなら、百毒にも効く万能薬を作れる薬草なので、相応の効果があるとは思うけど。

とにかく使ってみることにしよう。

「直接かければ効果はあるよな」

体のほとんどが毒素によってできているスライムにとって、解毒薬はまさに凶器。

並の解毒薬ではスライムの強力な毒を打ち消すことができないので効果はないだろうが、天涙草を用いたこれならあるいは……。

「ピケ、危ないからちょっと離れてて」

俺はピケに注意を促しつつ、闇夜の外套を羽織ってからスライムににじり寄っていく。

気付かれると分裂されて厄介なので、身を隠しつつ近付いて特製の解毒薬を振りかける。

もし効果がなければすぐにピケを連れて退散しよう。

密かに歩み寄って、いよいよ二、三歩手前といったところに着いた瞬間――。

俺は手に持っていた解毒薬を、スライムに向けて振り撒《ま》いた。

すると巨大なヘドロの体のあちこちに、サファイア色の薬がかかる。

刹那――。

「フシュュュ！！　フシュュュ！！！」

スライムはその巨体を震わせながら、まるで風船から激しく空気が抜けているような鳴き声を響かせた。

次いで半液状の体が、炎天下にさらされたアイスクリームのように見る間にボトボトと削ぎ落ち始める。

明らかに苦しんでいる。

天涙草で作ったこの解毒薬は、スライムの毒素で作られた体に効果抜群のようだ。

「フシュ！　フシュシュ！！！」

しかしそれだけでは決定打にはならなかったのか、スライムは憤った様子で荒らげた鳴き声をあげる。

さすがにこれだけの巨体となると、薬だけでは倒し切れないか。

ただ分裂しないところを見るに、解毒薬の作用でかなり弱っているらしい。

おまけに……。

「あっ！」

体が削れていった影響だろうか、巨大スライムの中心部に青い水晶玉のようなものが見えてきた。

あれは核。

スライムの心臓とも言える器官だ。

あの核を壊すことができれば、スライムを絶命に至らしめることができる。

解毒薬のおかげで切り開くことができた、スライムの突破口。

「今なら……」

俺は怒りに震えるスライムのそばで、身を潜めたまま『赤石の短刀』と『超越の指輪』を装備する。

今のスライムは薬の効果で激しく弱っているので、こちらを迎撃する余裕もないだろう。

闇夜の外套によって姿も見られていない。

俺は赤石の短刀を握って跳躍し、剥き出しになったスライムの核を狙って渾身の突きを放った。

「はあっ！」

ズガッ！！！

深紅の刃は的確に核に突き刺さり、水晶玉のようなそれにヒビが入る。

瞬間、『パキンッ！』と核が砕けて、ガラスのような破片が辺りに散った。

「フ、シュュュ……！」

その直後、スライムは弱々しい声を漏らしながら地面に倒れて、半液状の巨体を煙のように消滅させた。

後に残ったのは、核の一部であるガラス片のような結晶だけ。

シンと静まり返ったその場で、俺は驚きと安堵を同時に味わう。

「勝てた、のか……？　俺ひとりで……」

強敵と名高いスライムの、さらに上位種とも言える個体に。

最後の一撃の影響で、赤石の短刀と闇夜の外套はわずかにスライムの毒液に触れてしまったらしく、ところどころドロドロに溶けていた。

さすがにこれらはもう使い物にならないだろう。

希少な天涙草まで使ってしまったけれど、これらの道具を駆使したから、道具師の俺ひとりでもスライムを倒すことができたんだ。

道具師らしい戦い方ができたんじゃないかな。

無事にスライムを討伐できた安心感で、ホッとひと息ついていると、後ろからピケが飛びついてきた。

そしてペロペロと顔を舐めてくる。

「ど、どうしたんだよピケ？　もしかして心配してくれたのか？」

俺が大怪我でもするんじゃないかと不安に思っていたのだろうか？

それで無事に魔物を倒したから、その安心感で思わず飛びついてきたのかもしれない。

小さな声で「くぅくぅ」と鳴いているピケを、優しく撫でてあげながら俺は笑みを浮かべた。

「さて、これで問題解決だ。あとは放っておけば汚染は勝手に解消されるだろうし、町でゆっくり待つとしよう」

じきに魔力水の販売も再開されて、当初の目的であった素材も無事に入手できるはずだ。

それまではしばらくバブルドットの町を観光したり、念願だった温泉でものんびり楽しんだりしよう。

いい汗もかけたことだし、待ちに待った温泉は絶対に気持ちいいはず。

思えば前世でも、仕事が忙しくなってから旅行に行く機会はめっきり減っていたし、温泉に浸かったのなんて何年も前の話だ。

久々の温泉だぁ、と高揚感を抱きながら山を下りようと思った、その時……。

「フェルト？」

「――っ!?」

突然後ろから名前を呼ばれた。

その声に二重の意味で俺は驚愕する。

この場所に俺以外の人間がいることへの驚き。

そしてその声に聞き覚えがあることへの驚きである。

俺はまさかと思いながら振り返り、そこにいた青年と、隣り合って立つ三人の仲間を見て目を見開いた。

「ブ、ブロード？　それにみんなも……」

かつて一緒に旅をした仲間たち――勇者ブロード、賢者ビエラ、聖騎士ラッセル、聖女ガーゼ。

と言うほど、別れてからまだそんなに経過していないはずなのだが、彼らの顔を見た瞬間に随分と懐かしい気持ちにさせられた。

一瞬、実はスライムの毒素でも浴びていて、かつての仲間たちの幻覚でも見えているんじゃないかと錯覚してしまう。

しかしすぐにそれを現実だと悟り、俺は少し気まずい気持ちで問いかけた。

「どうしてみんながここに……？」

「それはこっちの台詞だよ、フェルト。僕たちはバブルドットの町長のギャバジンさんから、魔力水の水源が汚染されている件について依頼を受けたんだ。ここにその原因の魔物がいるって聞いたから来たんだけど」

そういえばと思い出す。

町長さんはタフタのパーティーだけではなく、ブロードたちにも依頼を出したと言っていた。

それはきちんと届いていたらしく、少し遅れてだけど駆けつけてくれたってわけか。

「まだ四人で一緒にいたんだな。てっきりもう解散して、それぞれ自由なことしてると思ったけど」

だからブロードたちの到着は最初から期待できないと思っていたので、その可能性を頭から完全に除外していた。

するとビエラが、肩を竦めながら呆れ気味に言った。

「そのつもりだったけど、王都で祝賀会が終わってから一気に疲れがきちゃってね。みんなしばらく町で休んでたのよ。そんな時に私たち宛てに依頼の手紙が届いて……私たちはこれ以上、勇者パーティーとして依頼を引き受けるつもりはなかったのだけど、知っての通りこの人がお人好しのせいでね」

「みんなだって、依頼先が観光地のバブルドットだってわかって乗り気になってくれたじゃないか。解散祝いの旅行にちょうどいいって。もしかしてフェルトも町長さんから同じ依頼を……？」

「うーん、俺は別に町長さんから依頼を受けたわけじゃなくて、話せば色々と長くなるんだけど……。まあここに来た目的はブロードたちと同じだよ」

俺の場合は、高濃度の魔力水っていう貴重な素材を得るために、水源を汚染している魔物を倒しに来ただけだけど。

ブロードは荒れたこの場を見渡してから、再び俺に視線を戻して続けた。

「っていうことは、僕たちはひと足遅くここに来て、君が先にひとりで問題の魔物を倒したってことかな？　さすがだね」

「ただ運がよかっただけだよ」

本当に、色々と運がよかっただけ。

するとブロードは、ずっと気になっていたのか、俺の隣に立っているピケを見ながら怪訝な顔で問いかけてきた。

「ところで、そこにいる子は？　狼にも魔物にも見えないけど」

「あぁ、こいつはピケっていうんだけど、覚えてないか？　チェック村の近くで助けた子犬のこと」

「子犬……？」

ブロードは眉を寄せて考える。

次いですぐにハッとすると、すっきりした笑顔で返してきた。

「もしかしてあの時の、魔物に襲われていた子犬かい？　随分と大きくなったんだね」

「だよなぁ。やっぱあの時と比べて相当でかくなってるよな。あっ、でも実はピケって、体の大きさを自由に変えることができ……」

と、少し逸れた話をしてしまいそうになった瞬間――。

ビエラがパンパンと手を叩いて俺とブロードの間に割って入ってきた。

「はいはい、世間話はそこまで。私たちにはまず先にやることがあるでしょ」

「あ、あぁ。そうだったな」

「すまないビエラ」

俺とブロードは顔を合わせて苦笑する。

確かに今ここでピケの話で盛り上がるのはまずいよな。

それよりも先に片付けなければいけない話題が、俺たちの間にはあるのだから。

そのことを改めて気付かせてくれたビエラが、相変わらず冷静な様子で状況の整理を始めてくれた。

「改めて聞くけれど、あなたはここに、魔力水の水源を汚染している魔物を倒しに来たのよね？」

「あぁ、そうだよ」

「それで私たちが来るよりも先に、くだんの魔物を倒したと」

「合ってる合ってる」

そこでビエラは一度口を止めて、ふむと顎に手を当ててから続けた。

「でもあなたは町長さんから依頼を受けたわけでもなく、独断で汚染の原因である魔物を倒したってことよね。じゃあこの場合私たちは『現着した時すでにフェルト・モードという勇敢な冒険者の活躍によって魔物は倒されていました』って報告するのが筋よね？」

まあそうなるよなぁ。

勇敢な冒険者って部分は誇張ではあるけど、俺が独断かつ単独で倒したのは紛うことなき事実だ。

けど……。

「えーと、そのことでちょっと頼みがあるんだけど……」

気まずい気持ちで、あることをお願いしようと思ったら、ブロードが俺の言いたいことを先に言ってくれた。

「僕たちが解決したってことにしてくれって言いたいんだろ？」

「えっ？　そ、そうだけど、よくわかったな」

「似たようなことをついこの間聞いたばかりだからね。たとえ名誉や報酬がもらえるとしても、〝目立つのが嫌だから〟それを受け取らないと。相変わらずだね君は」

ビエラは心底呆れた様子で、頭を抱えながら盛大にため息をついた。

「私も薄々そうなんじゃないかと思ったから、さっきみたいな聞き方をしたのだけど、まさか本当に手柄を譲ろうとしてくるなんてね。相変わらずあなたには野心というものが微塵もないのかしら？　それとも格好をつけているだけ？」

「ひ、ひどい言われようだ……。単に目立つのが嫌なだけだよ」

多分今回の件は公にはならない、てかできないだろうから、町長さんや一部の人たちだけに知られるくらいだろうけど。

それでも俺は目立つのが嫌なのである。

これから先も平穏で自由で気ままな異世界旅を楽しみたいから。

そもそも依頼を受けてここに来たわけではないし、証人もいないから俺が倒して解決したと言っても信じてもらえないんじゃないかな。

という判断のもとで、ブロードたちが解決したことにしてほしいと頼んだのだが、それに対し聖女ガーゼが眠そうな顔で首を傾げた。

「報酬もなにもいらないの？　多分、お金いっぱいもらえるよ」

「いいよ別に。ていうかだから聖女があんまカネカネ言うなよ！」

この守銭奴聖女が。

ただ聖女ガーゼの疑問も妥当なもので、事実ブロードとビエラも本当に報酬はいらないのかと怪訝な眼差しを向けてきていた。

そこに聖騎士ラッセルが、珍しく口を開いて、なんとも丸く収まる提案をしてくれる。

「報酬金は、俺たちが受け取った後、フェルトに渡せばいい」

「うん、確かにそれなら僕たちが代わりに受け取るのは名誉だけになるね。フェルトは目立たず成果に応じた報酬も得られる。これでどうかなフェルト？」

「うーん、まあ、そうしてくれるなら一番ありがたいけど」

正直、懐事情についてはあまり芳しくないからな。

目立たずもらえるというのならありがたく受け取らせてもらいたい。

「ならそれで決まりだね。じゃあこれからさっそく一緒に町に……」

戻ろうか、とブロードが続けようとしたのだろう、その瞬間――。

思わぬ事態が発生した。

「ゆ、勇者殿？　魔物はどうなったのでしょうか？」

「――っ!?」

突如として新たな声が、この場に響いたのだった。

俺は思わず目を見開き、声のした方……正確には勇者パーティーの後方に咄嗟に視線を向ける。

するとそこには、高そうなフロックコートを着て、多くの装飾品を身に着けている中年の男性が立っていた。

確かあの人は、タフタと隠れ家的なバーで一緒に話していた、バブルドットの町長さん。

脇には護衛と思しき甲冑《かっちゅう》姿の近衛騎士をふたり侍らせていて、不安げな様子で俺たちの方を窺っている。

なんでここに町長さんが？　もしかして勇者パーティーが連れてきたのか？

と思ったけれど、ブロードたちも俺と同じく驚いている。

「ぎゃ、ギャバジンさん？　どうしてあなたもここに？　もしかして不安で様子を見に……？」

「滅相もない！　勇者パーティーの実力は微塵も疑ってはおりません。むしろその逆で、かの有名な勇者パーティーならば必ずや水源汚染の原因となっている魔物を倒してくれるだろうと思い、確信を持って見届けに来たのです」

内緒で後ろからついてくる形になったのは、危なくて止められると思ったかららしい。

確かに実際にブロードなら止めていただろうな。

「それと、あなた方は近いうちに解散すると聞きましたので、実際に戦っている姿を見られる最後の機会と思い、つい……」

「そんなに大層なものでもないんですけど」

ブロードは照れくさそうに頭をかく。

でも一般の人たちからすると、魔王を討伐した偉大なる勇者パーティーの戦いぶりは、目に焼きつけておきたいと思うものなのだろう。

そんな貴重な場面に立ち会えるとなれば、わざわざ町長さんがついてきたのも頷ける。

にしてもびっくりしたぁ。まさかいきなり町長さんが現れるなんて。

俺がスライムと戦っている最中に来なくて本当によかった。

「それで勇者殿、魔物はいったいどうなったのでしょうか？　見たところどこにも姿がないようですが……まさかこんなにも早く討伐を？」

「あぁ、えっと、そのことなんですけど……」

ブロードはこちらに目を向けてくる。

その視線に対して、俺は目配せだけで意思を伝えた。

先ほどの約束通り、スライムを倒したのはブロードたちということにしてほしいと。

幸い町長さんは今ここに着いたばかりで、俺がこの場所でなにをしていたかはまったく見ていないはず。

ブロードが倒したと言えば絶対に信じるだろうし、なんとかごまかし切れる状況だ。

そしてブロードは俺からの視線を受け取ると、ふっと微笑んでギャバジンさんに伝えた。

「ここにいるフェルトがすでに討伐していました」

「はっ⁉」

声をあげたのは俺だった。

だって、ブロードが予定とまったく違う台詞を口にしたからだ。

案の定、町長さんの視線もこちらに向けられて、ぽかんとした様子の彼と目が合ってしまう。

思わず俺はブロードに駆け寄って、彼の耳に顔を近付けてから抗議した。

「おい、話が違うじゃないかブロード……！　勇者パーティーが倒したことにしてくれるって……」

「すまないフェルト、少し気が変わったんだ」

気が変わった？

一度決めたことはちょっとやそっとじゃ曲げないこの男が、なんで急に約束を破ったのだろうか？

疑問に思っていると、ブロードはふと空を見上げて、感慨深そうな面持ちで言った。

「やっぱり君にも、誰かからの称賛の声を浴びてほしいと思ったんだ。頑張って活躍した分、それを誰かに褒められて、力を認めてもらうっていう感覚は、とても心地がいいものだからね」

称賛を浴びて、力を認めてもらう。なんのことを指しているのか具体的には言わなかったけれど、なんとなくそのことについては理解できた。

おそらく魔王討伐の後の祝賀会を思い出しているのではないだろうか。

俺には想像しかできないけれど、多分ブロードたちは多くの民たちから称賛と歓声を浴びたばかりのはず。

その時の喜びを、俺にも同じように感じてほしいと改めて思った、ということだろうか？

「確かに気分はいいかもしれないけど、俺は目立つのが嫌って言っただろ。下手に注目されるくらいなら、別に褒めてもらえなくても……」

「大勢にバレるわけじゃないんだ。せいぜい君の活躍を知るのはここにいるギャバジンさんと近衛騎士たち、それから事件について知っている数人の関係者くらいだろう。変に目立ちはしないさ」

「だからってなぁ……」

ちょっとくらいは相談してくれてもいいじゃないか。

まあ俺からお願いしたことで、一方的な我儘《わがまま》だから文句は言えないけど。

と、渋っている様子を見せていると、ブロードもブロードでそれなりの言い分を話してきた。

「それにこの状況を言い逃れるのはさすがに難しいと思ったからね。僕たちがスライムをどう倒したか、ギャバジンさんが納得できるだけの理由を考えるのも大変なんだよ」

それはそうかもしれない。

手柄を譲ると言えば聞こえはいいかもしれないけど、その実ブロードたちは自分たちがどのようにして魔物を倒したのか考えなきゃいけないし、結果として俺は色々な面倒ごとを彼らに押しつけることになる。

うん、やっぱり俺が文句を言える筋合いはないし、ブロードの意思を尊重すべき場面だと改めて思った。

ずっと呆然とした様子で、俺とブロードのやり取りを見つめていた町長さんは、タイミングを見計らったように問いかけてきた。

「本当にあなたが、たったひとりであの化け物を……？」

「えっと……ま、まあ」

俺は観念して頷きを返す。

次いでどのようにして魔物を倒したかまで、いっそのこと明かしてしまおうと思ったのだが、あの勇者ブロードの言葉もあってのことか、一も二もなく町長さんは信じてくれた。

すかさず俺のところに駆け寄ってきて、目の端に涙まで滲ませながら、両の手でこちらの右手を握ってくる。

「まさかあの怪物をひとりで倒してしまう方がいるなんて!?　本当に、本当にありがとうございます！　私たちはあの魔物にとてもとても苦しめられていたので、どうお礼をしたらいいか……！」

「あ、あはは……」

ぶんぶんと力強く握手されながら、俺は気恥ずかしい思いで頬をかく。

やっぱりこういうのは照れくさい。

けどまあ、確かに悪い気分ではないな。

むしろブロードの言った通り心地がいい。

誰かに褒められて、力を認めてもらうというのは、これまでの努力も頑張りもすべて肯定されたような感覚があるから。

それにこのくらいの小規模な称賛だったら目立つことはないし、別に受けてみてもいいかもしれない。

やがて町長さんはひとしきり感謝の言葉を羅列すると、遅れてなにかに気付いたように俺に問いかけてきた。

「ところで、なぜあなたは水源汚染の魔物を倒しに来たのですか？　討伐依頼を出したのは一級冒険者たちで結成されたパーティーだけのはずですが」

「そのことなんですけど……」

俺はスライムを倒しにここに来た理由を、なるべく簡潔に話すことにした。

俺はバブルドットの名産である魔力水が欲しくて町に来たこと。

町の中で偶然見知っているタフタを見かけて後をつけたこと。

その先でタフタと町長さんの会話を聞き、水源汚染を知ったこと。

魔力水を手に入れるには汚染の原因となっている魔物を倒さなければいけないとわかり、マラケシュ山まで来たことを。

ついでに町長さんがタフタに吹っかけられていることももちろんバラシてやった。

奴が泊まっている宿屋まで尾行して聞いた情報なので、間違いないものだと明かすと、町長さんは唖然《あぜん》とした顔を見せた。

「あ、あの金額は過剰な請求だったのですか⁉」

その後、険しい表情をしながらわなわなと体を震わせる。

混乱と怒りが同時に押し寄せているような様子だ。

「今さらなんですけど、タフタとの会話を盗み聞きしてしまって申し訳ないです」

「いえ、むしろありがたい限りです。こうしてタフタ・マニッシュに大金を吹っかけられていたことを教えてもらえて、しかも水源汚染の原因となっている魔物まで倒していただけたのですから」

はぁよかった。盗み聞きしていたことを咎《とが》められるのではないかと少々不安だったのだ。

ともあれ何事もなく情報共有が済むと、町長さんは納得したように頷いてから、改まった感じで俺に頭を下げてきた。

「あなたがここに魔物を倒しに来た理由はわかりました。このたびは重ね重ね、本当にありがとうございました」

「いやいや、俺は魔力水が欲しかっただけなので、別にお礼を言ってもらえる筋合いはないかと……」

と言ったけれど、町長さんは変わらず頭を下げ続けている。

やがてゆっくりと顔を上げると、頬に笑みを浮かべて言った。

「あなたは、とても優しい人なのですね」

その言葉の意味を理解するよりも先に、町長さんはさらに続けた。

「ぜひあなたには、金銭以外にもなにか形としてお礼がしたい。もしよければすべてのことが片付いた後で、バブルドットの私の屋敷まで足を運んでいただけると幸いです」

次いで町長さんは、頭をかきながら独り言のように呟く。

「逆にタフタには、なにかしらの制裁が必要だな。確かな証拠が残っているわけではないから、せいぜい今後一切のバブルドットへの立ち入り禁止が精一杯だろうが」

突然町長さんらしさというか、町を治めるお偉いさんの風情が出たので、妙な緊張感を覚えてしまう。

すると今の発言を聞いていたブロードが、唐突に町長さんに提案した。

「でしたらギャバジンさん、タフタにそれを伝えに行くのは、僕たちに任せてもらえませんか？」

「えっ、勇者殿に？」

「ちょうどタフタたちには言いたいことがあって、町に戻ったら会いに行くつもりだったので」

思いがけないことを聞いて、町長さんはやや意外そうな表情をして、一方で俺はかなり驚いてしまった。

ブロードがタフタに会いに行くつもりだったなんて思いもしなかったから。

ブロードから提案を受けた町長さんは、微笑みながら返した。

「そうしてもらえるならとても助かります。では私たちはその間に、汚染解決に伴う急務を片付けて、この方へのお礼の品を考えておきたいと思います。あっ、失礼ですが改めてお名前を伺っても？」

「フェルトです。フェルト・モード」

ギャバジンさんはそれだけ聞くと、「お先に失敬」と言って護衛の騎士たちを連れて、早々に山を下りていった。

魔力水の水源汚染が解決されたとなれば、色々とやらなければならないことが出てきたはず。忙しなく町の方へ帰っていったのも納得だ。

帰りは自前の馬車なのだろうか？　よかったら乗せてもらえばよかったかな？　なんて頭の片隅で考えながら、俺はブロードの方を見て改めて聞いた。

「で、タフタたちに言いたいことがあるってなんのことだよ？　ていうかそういえばタフタが今回の件に絡んでるのを聞いた時、みんなまったく驚いてなかったよな？　もしかしてブロードたちはあいつらがバブルドットに来てるの知ってたのか」

「うん。この山に来る前に町中で会ってね。町長さんからの依頼を受けるために来たと言ったら、また色々と言われたもんだよ」

苦笑を浮かべたブロードから言葉を引き継ぐように、ビエラがため息交じりに続ける。

「無駄だから帰った方がいいだの、勇者パーティーでもどうせなにもできないだの、散々な口ぶりだったわね。自分たちじゃ手も足も出せなかったからって、私たちに八つ当たりしないでもらいたいわ」

うわぁ、言いそう……。

だから俺も顔を合わせたくなかったんだ。

きっとひとりでいる俺を見たら、意気揚々と罵倒や皮肉を浴びせてくるに決まっているから。

「そんなタフタたちに言ってやりたいことができたから、町に戻ったら奴らに会いに行こうと思ってたんだよ。もしよかったらなんだけど、フェルトもそれに付き合ってくれないか？」

「えっ、俺も？　そこに俺が必要なのか？」

正直あいつらと顔を合わせたくないんだけど。

でもブロードからの頼みとなれば無下にもできない。

ひとりであいつらに会うわけでもなくて、みんなも一緒にいるなら問題ないかな。

「まあいいけど、俺がいてもあんまり変わらないと思うぞ。ちなみにタフタになにを言うつもりなんだ？」

少しの不安を抱きながら尋ねると、ブロードは爽やかな笑みを浮かべて答えた。

「大事な親友を侮辱されて、虫の居所が悪いままだったんだ。だからこれは、いわば僕の憂さ晴らしだよ」

最終章　役立たずと呼ばれた陰の英雄

突如として現れたかつての仲間たちと共に、マラケシュ山を下りた後。

俺たちは一緒にバブルドットまで戻ることにした。

その道中、町であった色々なことや、バブルドットに来る以前の話などを仲間たちに伝えながら歩いた。

ついでに見かけた魔物もなるべく倒すようにして、話したり戦ったりしながら歩く道のりは、まるで魔王討伐を志して冒険していたあの時のようだと俺は懐かしい気持ちになった。

バブルドットまでは歩くと五時間ほど時間がかかるけれど、この四人と一緒だと退屈せず、道はむしろ短いように感じたのだった。

そして夕方頃に町まで戻ってきた俺たちは、当初の予定通りタフタたちに会うために、奴らが泊まっている宿屋に向かうことになった。

「そういえばタフタたちが泊まっている宿屋の場所を知っているんだったね」

「あぁ、尾行することになって、それでな」

そのためあいつらが泊まっている宿屋には、俺が案内することになった。

ここまで見越してタフタを追いかけたわけではなかったけど、この情報が役に立つことになってよかった。

というわけで例の宿屋に向かい、宿屋の主人に怪しまれないように部屋を借りて二階へと上がる。

そしてタフタたちが泊まっている部屋へ辿り着くと、張り詰めた緊張感の中でブロードがノックした。

幸い、外出中ではなかったらしく、ぶっきらぼうな様子でタフタがドアを開ける。

「はっ？　勇者パーティー？　なんでここに……」

珍しくタフタの驚愕した顔を拝むことができた。

それだけでもついてきた甲斐があったと思っていると、すぐに奴はいつもの余裕そうな表情に戻った。

「どうして私たちの宿を知っているのかは置いておくとして、わざわざそっちから会いに来るなんて珍しいわね。いったいなんの用かしら？」

「少し話したいことがあるんだ。時間は取らせない。入ってもいいかな」

その返答に、タフタは一瞬だけ目を細めて訝しむ。

次いで後ろに目をやり、仲間たちと視線でやり取りをすると、タフタは扉から離れながら
「勝手に入ればぁ」と間延びした声で言った。

俺たちはブロードに続いて部屋に入り、タフタパーティーと勇者パーティーのメンバーが一

堂に会することになる。

広い部屋なので九人いても圧迫感は少ないけど、それ以上に緊張感が凄まじかった。

険悪な仲ということもそうだし、なによりここにいる全員が腕利きの冒険者だから。

するとタフタは、遅れて俺の存在に気が付いた。

「あらっ？　その道具師まだ生きてたのね。魔王討伐の祝賀会にいなかったから、てっきり死んだのかと思ってたけど」

次いで奴は、わざとらしく「あっ」となにかに気付いたような反応を見せてから続ける。

「ひょっとして祝賀会に連れてこなかったのは、ありふれた生産職の道具師が同じパーティーの仲間だって周りに知られたくなかったからかしら？　せっかくの晴れ舞台だものね。道具師なんか連れて歩いてたら見映えも悪くて恥ずかしいし、異物はなるべく排除したいのはすごくよくわかるわよ」

あからさまに悪意だけが込められた台詞。

すっかり聞き慣れたものだと思っていたけど、さすがに気分が悪くなった。

同じようにビエラたちも険しい顔つきになるが、ブロードはなにも言い返さずに冷静な表情を貫いている。

タフタは挑発が不発に終わったことで気分を害したのか、打って変わってつまらなそうに言った。

「で、いったいなんの用なのよ？　わざわざ勇者パーティー様が私たちのところに来るなんて。あの山の上のデカスライムの情報でも教えてほしいとか？　言っておくけど、あんたらに話すことなんかなにもないし、言ったところで勇者パーティー様でもどうしようも……」

ない、と続けようとしたのだろうが……。

その声を遮るようにして、ブロードが言った。

「水源を汚染している魔物なら、もうとっくに倒したよ」

「……はっ？」

タフタだけでなく、奴の他の仲間たちも一様に目を見張る。

なんの冗談だと言わんばかりの視線を向けられたため、ブロードは重ねて奴らに伝えた。

「ギャバジン町長も実際にマラケシュ山で魔物の消失をその目で確かめている。報酬は追って受け渡しになるそうだ。嘘だと思うなら後で聞きに行ってみるといい」

驚愕による沈黙がこの部屋に一瞬だけ訪れる。

ブロードの自信のあらわれから、本当にマラケシュ山のスライムを倒したのだとタフタたちは信じたらしい。

「ど、どうやって、あの化け物を……？」

「いくらてめえらでも、こんなに早くあの怪物を倒せるはずが……」

奴らが驚いた様子を見せる中、ブロードは心なしか得意げになって、俺のことを手で示した。

「あぁ、君たちの言う通り僕たちが倒したわけじゃない。倒したのは……ここにいる道具師のフェルトだよ」

「はあっ⁉」

全員の驚愕の視線がこちらに殺到する。

さすがに居心地が悪いと思ったけれど、ブロードの真意が少しずつわかってきたので耐えてその場に留まることにした。

続けてブロードが説明をする。

「僕たちが現着した時にはすでに魔物は倒されていたんだ。フェルトが色々な道具を駆使してね」

「あ、ありえない！　ただの道具師ごときがたったひとりで、あの化け物を倒した⁉　つまらない冗談はやめなさい！」

タフタは俺が倒したことを認めたくないのか、またも珍しく声を荒らげながら言ってくる。

それに対してブロードはやはり余裕の笑みを崩さず、強い自信を持って返した。

「冗談なんかじゃない。フェルトにはそれだけの実力がある。勇者パーティーの一員に恥じない力を持っているんだ。だって彼こそが勇者パーティーを裏で支えていた陰の英雄であり、魔王討伐において最大の功労者だったんだから」

タフタとその仲間たちは、悔しげに歯を食いしばって俺の方を見てくる。

ここでようやくブロードがなにをしたかったのか、俺は気付くことができた。

タフタのところに俺を連れてやってきたのは、おそらくこれを言うためだったのではないだろうか。

「君たちは祝賀会の時だけじゃなく、いつもフェルトのことを侮辱していたよね。ありふれた生産職の道具師として、彼のことを常に下に見続けていた」

顔をしかめて黙り込むタフタたちに、ブロードはさらに続ける。

「でも今回、君たちが敵わなかった魔物を、フェルトはたったひとりで討伐してみせた。これでフェルトの実力は充分に証明されたし、君たちも自分たちが間違ったことを言っていたとよくわかったんじゃないかな」

そこでタフタはしかめていた顔を崩し、心なしか引きつった笑みを浮かべた。

「ハッ、なによ。わざわざそんなことを伝えるためにここに来たってわけ？　間違ったことを言っていた私たちに謝ってでもほしいってこと？　言っておくけどそこの腰巾着の役立たずに言うことなんてひとつもないわよ」

「別に謝罪を期待してこれを伝えに来たわけじゃないよ。そもそも謝ってくれるとも思ってなかったし」

ブロードは肩を竦めた後、意味ありげに笑みを深める。

そして……。

「ただ、君たちに知っておいてほしかっただけだ」

ここに俺を連れてきた意味、憂さ晴らしと言ったその真意を、みんなの前で明かした。

「フェルト・モードという人物が、君たち四人が束になっても敵わない、圧倒的に格上の存在だっていうことをね」

「……っ！」

タフタたちはまた強く歯を食いしばる。

自分たちが無理だと諦めた魔物討伐を、下に見ていた道具師ひとりに解決されたと知ったら、その怒りも納得できた。

奴らは町長さんから大金もせしめる予定だったので、それを邪魔されたのも気に食わないんじゃないかな。

これはもはや、ブロードだけの憂さ晴らしではなく、俺の憂さ晴らしにもなった。

「あぁそれと、町長さんから君たち宛てに伝えておくことがあったんだ。タフタ・マニッシュとそのパーティーの人間は、今後一切バブルドットへの立ち入りを禁止するって。衛士たちにつまみ出される前に、さっさと自分たちの足でこの町から出ていくことだね」

そこで話は終わり、ブロードたちと一緒に部屋を後にする。

扉を閉める直前、悔しそうに唇を噛みしめるタフタと目が合ったのだった。

タフタと話を終わらせた後。

約束していた通り、俺は町長さんの屋敷を訪ねることにした。

そこまで報酬が欲しかったわけではないけど、約束したからには行かないと申し訳ないし、もらえるものがあるというのならもらっておこうと思ったから。

と、やや後ろ向きな気持ちで町長さんの屋敷へ行くと、手の平を返したくなるほど嬉しい報酬を提示されたのだった。

なんとびっくり、バブルドットの高濃度の魔力水を、今後無料でいくらでも利用していいという。

これは生産職の俺としてはあまりにも嬉しい報酬のひとつだった。

それと困ったことがあればいつでも手を貸すと、後ろ盾になる約束まで交わしてくれた。

お金に加えてそんなことまでしてもらって、逆に罪悪感が湧いてきてしまう。

おまけにもうひとつ、それら以上に心躍る報酬をもらったのだった。

「ようやくだぞ、ピケ。ようやく念願のこれに入れるんだ……」

俺はさっそくもらったその報酬……というか権利を使い、ピケと一緒にある場所へと訪れていた。

そして高揚感を抑え切れず、俺は目の前に広がる楽園に一糸まとわぬ己が身を投じたのだった。

ザップーン！

「ふあぁぁぁ……！」

少し熱めのお湯が全身を包み込んできて、体の芯からじんわりと温まっていくのを感じる。

他の客がいないことをいいことに、俺は思わず気の抜けた声をあげてしまった。

そう、ここはバブルドットの名物である温泉施設。

しかもその中でも最上級の超高級温泉だ。

立ち入りが許されている人物は数少なく、選ばれた者しか利用できない場所だという。

町長さんはその最高級温泉への立ち入り許可と、施設内の各種サービス無制限利用という破格の報酬を最後に付け加えてくれた。

しかも今夜は貸切状態にまでしてくれるという優遇措置付きである。

なんとも太っ腹だ。

「露天風呂なのもサイコーだぁぁ……」

俺は情けない声を漏らして楽園を楽しみながら、改めて温泉を見回してみた。

周りは木造りの柵で囲われており、天井だけ吹き抜けになって空が広がっている露天風呂。

色々とあって時間が経ってしまったので、町に帰ってきた時は夕方頃だったけど今はすっかり夜の星空になっていた。

その星々を湯気が覆い、星明かりが朧げに映っている。

こんな景色で入る温泉も悪くない。なにより貸切状態だから誰に気兼ねする必要もないというのがストレスフリーだ。

ちなみに湯はわずかに緑がかっており、爽やかなハーブにも似た香りが漂っている。

どうやら低濃度の魔力水を沸かしたものらしく、美肌効果、疲労回復、むくみ解消……などなど色々な効能が含まれているようだ。

ぽかぽかの湯が骨身に染みる。

今日はスライムとの激闘もあったし、帰り道は長距離を歩いてきたし、最後には苦手なタフタたちと緊張感のあるやり取りまでしたわけだから。

疲れが溜まっているのも当然である。

その疲れが魔力水の温泉によって浄化されていく。

しまいには全身を脱力させて、大の字で湯に浮かぶと、後ろから聞き慣れた声が聞こえてきた。

「他に誰もいないからって、自由になりすぎでしょ」

「だって気持ちいいんだもん……。ブロードも早く入ってみろよ」

ブロードはやれやれと言わんばかりに、呆れた笑みを浮かべていた。

貸切状態、とは言ったけど、正確には俺とピケの他にもうひとりだけいる。

町長さんの屋敷を出た後に、町の中で再び合流した勇者ブロードだ。

報酬の受け渡しが済んだ後、ブロードたちと合流すると、みんなはしばらくこの町で観光を楽しむと言った。

じゃあせっかくなら今夜は高級温泉を貸切にしてもらったから、一緒に温泉に行こうと俺が誘ったのである。

あまりにも良質な温泉を独占するのは、さすがに気が引けたし、誰か知り合いと一緒の方が罪悪感もないかなと思ったから。

するとブロードはその提案に乗ってくれて、ラッセルは裸の付き合いが少し恥ずかしいらしく町の観光の方に行ってしまった。

男女で温泉施設が分かれているので、女性組も誘いはしたが、彼女らは買い物の方に向かってついては来なかった。

ちなみにビエラとガーゼは性格的にミスマッチだと思われがちだが、互いにスイーツ好きという共通点がある。

今頃はバブルドットで著名なスイーツ店に、片っ端から当たっているんじゃないかな。

というわけで俺とピケとブロードの三人で超高級温泉に来ているというわけである。

満天の星の下で、ぽかぽかの湯に浸かりながらそんなことを振り返っていると、やがてブロードも湯の中に入ってきた。

わずかに離れたところで腰を落ち着けて、控えめに至高の息を漏らしている。

温泉についてくると言った時からそんなに心配はしていなかったけど、ブロードも温泉が好きそうでよかった。

思えば魔王討伐の旅の最中、温泉施設に寄ることなんてなかったから、ブロードが温泉好きかどうかまったく知らなかったな。

と、人知れず安堵していると、視界の端でパチャパチャと子犬モードのピケが犬かきをしているのが見えた。

「おぉ、うまいうまい！　ちゃんと犬かきできてるぞ」

前世の実家で飼っていた白柴のピッケは、犬かきがへたっぴで頻繁に浴槽の中に沈んでいた。けどピケはちゃんとできるんだな。まあちょっと拙い感じというか、犬かきの練習を終えたばかりのような足さばきだけど。

やがてパチャパチャと頑張って俺のところにやってきて、疲れたから抱っこと言わんばかりに首元にしがみついてくる。

小さなその体を両腕で抱えてあげると、その様子を物珍しい目で見ていたブロードが首を傾げた。

「本当に自在に体の大きさを変えて生活できるんだね。それにこうして見ると、確かにあの時助けた子犬とそっくりな姿だ」

「だから言っただろ。ピケはあの時助けた子犬だって。まあ俺も久々に会った時は大きくなりすぎてて全然わからなかったけど」

　いきなり大きな白狼が目の前に現れて、さすがに警戒してしまったものだ。

「確か魔物も討伐できるくらいの力があるんだよね？」

「あぁ。俺が倒した巨大スライムほどの強敵は難しいだろうけど、そこらにいる魔物ならピケの相手じゃないと思うよ」

「体の大きさを変えられて、魔物を討伐できるほどの力も持っている……。しかし狼でも魔物らしくもない、そんな生き物か……」

　ブロードはなにやら難しい顔をして考え始めてしまう。

　温泉に入っている時くらいは考え事なんかしなきゃいいのに。

と思いつつも、俺も腕に抱えたピケを見てふと疑問に思った。

　本当にこの子はどういう存在なんだろうな。

　最初は子犬かと思ったけど、狼ほどの大きさまで成長していたし、狼にしても魔物まで討伐できるほどの力まで持っているから謎は深まるばかりだ。

　そう考えると魔物が一番近い存在になるんだろうけど、人に対して害意がなくむしろ人懐っこい様子まで見せている。

　そんな疑問の視線を向けていると、目が合ったピケは犬のようにきょとんと首を傾げた。

　まあかわいいしなんでもいいかと思って、ピケの頬に自分の頬をすりすりと当てていると……。

「幸運の、神獣……」

「んっ？　なにか言ったか？」

「……いいや、なんでもないよ。まさかそんなことがあるはずないからね」

考え事をしていたブロードが、不意になにかを呟いた気がした。

ともあれブロードも、そこで考え事をやめて素直に温泉の気持ちよさを味わうことにしたようだ。

髪から滴る雫《しずく》がただ湯面を揺らす中、俺は沈黙を破ってブロードに言った。

「ありがとな、ブロード」

「えっ？　急にどうしたんだい？　なにに対してのお礼かな？」

「タフタたちを見返す機会を作ってくれてさ」

ブロードはぱちくりと目を見開く。

次いでブロードは、なんだそのことかと言わんばかりに小さな笑みを浮かべた。

「俺ひとりだったら、多分なにも言い返せずに悔しさを押し殺すしかなかったと思う。代わりにあいつらに色々言ってくれて、すげえすっきりしたよ。だからありがとう」

「別に、僕は思っていたことを奴らに言ったまでだから、気にしなくていいよ」

ブロードならそう言うだろうと思ったよ。

こいつはやっぱりどこまでいっても勇者だから。

自分が許せないと思ったことはとことん許さないし、誰でも彼でも助ける超絶お人好しなんだ。

天職の話ではなく、自分の正義を貫き続ける本物の勇者こそ、このブロード・レイヤードという男なのである。

「それよりも、こっちの方こそすまなかった。君がタフタたちに侮辱されていることは知っていたのに、今までなにもしてやることができなくて」

やっぱり知っていたのか。

タフタと話していた時の口ぶりから大方察してはいたけど。

いつもあいつらはブロードたちに気付かれないように俺に言葉の暴力を浴びせてきていた。でもそれには気付いていたらしく、かといってシラを切られるかもしれないからどうしようもなかったということか。

「そもそも魔王討伐の旅をしている時も、同じように世間に君の実力を伝えられたらよかった。君は目立つのを嫌がっているから、今の方がいいと言うだろうけど……」

「あぁ、やっぱり名声はいらないかな。静かに不自由なく暮らせれば充分だし。なにより五人で旅をしたっていう思い出があるから、それで満足しちゃってんだよなぁ。それだけ勇者パーティーでの冒険が楽しかったから」

俺にとってそれこそが、魔王討伐の旅で得たかけがえのない報酬である。

「だから今回みたいに、俺のために怒ってくれる必要はもうないぞ。世間に力を認められていないからって、俺は別に気にしたりしないから」

「君ならそう言うだろうと思ったよ。それでもタフタたちだけは許すことができなかったんだ。せめてあいつらだけは見返してやりたいと思ってさ」

まあ、その気持ちはわからないではない。

つまりはブロードも相当、奴らに怒っていたってことか。

実際清々しい気持ちになったのは事実なので、これはこれでよかったよな。

ブロードは少し体が熱くなってきたのか、湯の浅いところに腰かけなおしてから問いかけてくる。

「ところで、自由気ままな旅は順調かい？」

「あぁ。今回の一件はまあ例外として、今のところはつつがなく素材集めができてるよ。こうして各地の観光も楽しめてるし」

俺としては満足のいく旅ができている。

「てか俺のことよりも、そっちの方はどうなんだよ？　もう王様に孤児院の支援を始めてもらったのか？」

「まだ約束を取りつけただけだよ。本格的な援助はこれからになる予定だ」

ふーん、そうなのか。

まあまだ魔王討伐からそこまで日は経ってないからな。

準備も色々と必要なのだろう。

「それが始まったら、僕も孤児院のために色々と動き出そうと思っている。こうしてのんびりしていられるのも今のうちだろうね」

ブロードはぐっと背中を伸ばして、力の抜けた声を漏らす。

俺としては孤児院のことをブロードに任せっきりにしてしまったようなものなので、密かに罪悪感があった。

しかしブロードは未来の忙しさに対して嫌な顔ひとつせず、むしろワクワクした様子で予想外のことを言い出す。

「それで、もし諸々のことが一段落ついたら、僕も世界各地を巡ってみたいなって思っているんだ」

「へぇ、意外だな。てっきり冒険者として、変わらず人助けをし続けるものかと思ったけど」

「魔王討伐の旅でたくさんの町や村、景色や物を見てきて、旅の楽しさってやつを強烈なまでに知ったからね。僕も色んなところを見て回りたくなったんだよ」

確かにあの楽しい旅を経たら、世界各地を見て回りたくなるのも納得できた。

「だからもしそうなった時は、よかったら僕も君の旅に連れていってくれないかな」

「………」

思いがけないことを言われて、俺は一瞬思考が停止する。

よもやブロードからそんな提案をされるとは思ってもいなかったから。

こんな目的もなにもない旅についてきたいだなんて、ブロードも物好きだな。

「世界を平和に導いた勇者様にご同行いただけるなら、なによりも心強くて助かるよ。けどなんか人助けばっかの旅になりそうだな」

呆れ笑いを浮かべながらそう言うと、ブロードはなぜかきょとんと目を丸くする。

次いで唐突に「ふっ」と吹き出し、盛大に笑い始めた。

わずかに腹も抱えているほどで、なにがそんなにおかしかったのかわからず戸惑ってしまう。

俺、なにか変なこと言ったかな？

そのわけを、ブロードは目の端に浮かんだ涙を拭いながらおもしろそうに教えてくれた。

「僕がいなくたって、君はいつだって誰かのことを助けているじゃないか。今回のことも、一緒に旅をしている時だって。言っておくけど『お人好し』って言葉は、僕よりも君の方が断然似合っていると思うよ」

「え、えぇ、ホントにそうかぁ？　俺って結構利己的だと思うけど……」

疑わしい気持ちで首を傾げていると、ブロードはまたわからないことを言ってきた。

「なんたってフェルトは、あの時僕が憧れた英雄なんだから」

その時、ブロードは俺の腕の中にいるピケを見ていた。

そうとわかると、ふとピケを助けた当時の記憶が鮮明に蘇る。

『む、無茶だよフェルト……！　あんな怖い魔物に勝てるわけ……』

『勝てなくても追い払えればいい！　俺が行くから、ブロードはここで待っていてくれ！』

ブロードはまだ勇者の力をうまく扱えず、魔物の姿を見て立ち尽くし、一方で俺はすぐに子犬を助けるために動き出した。

思えばあの時、魔物に返り討ちに遭って死ぬことすらあり得たかもしれないのに、俺は気付けばピケを助けるために懐から道具を取り出していた。

もしかしてその時のことを言っているのか？

もしその時の姿を見て憧れてくれたというのなら、なんとも光栄な話である。

ブロードが積極的に人助けをするきっかけになれたのだとしたら、あの時頑張った甲斐があったな。

そんな勇者様の活躍をまた近くで見たいので、再び一緒に旅ができる日が来ればいいなと、俺は胸の内で静かに思ったのだった。

「ちなみに、次はどの国や町に行こうか決めているのかい？」

「うーんと、そうだなぁ……」

俺は肩を竦めて、気の抜けた声でこう答えた。

「特に決めてはないよ。風の吹くまま気の向くままってね」

だってこれは目的もなにもない、ゲームクリア後の世界を自由気ままに放浪する、そんな異世界旅だから。

次はどこへ行こうか、俺は温泉の温かさと心地よい眠気に包まれながら、ぼんやりとした頭で考え始めたのだった。

おわり

あとがき

作者の万野みずきです。

この度は『役立たずと呼ばれた陰の英雄ののんびり異世界旅』をお手に取ってくださり誠にありがとうございます。

勇者パーティーで唯一下級職だった主人公が、魔王討伐の後に仲間のもとを離れて、自由に旅を楽しむお話でした。

ゲームクリア後の世界を目的もなくぶらぶらするのが好きで、前々から魔王討伐後の世界を舞台にしたお話を書きたいと思っていました。

さらにはかわいい動物と触れ合ったり、観光名所を気ままに訪れたり、たまに英雄らしく陰ながら活躍したり、そんな大好きな要素をこれでもかと詰め込んでみたのが本作になります。

自分好みの設定や展開を盛りだくさんにした作品ですので、とても楽しく執筆することができました。

書いている時に思ったのですが、〝パーティー追放もの〟は根強い人気があり、ひとつのジャンルとして確立しましたけど、〝パーティー脱退もの〟はそこまで見かけない気がします。

仲間たちに追い出されるか、自ら仲間のもとを離れるかの違いしかないはずなんですけどね。

やはり明確に復讐対象がいた方が、爽快感への期待や目標がきちんとできるからかもしれないですね。

恋愛ものも婚約破棄の人気が根強いですし、自ら婚約者のもとを離れる作品をあまり見かけませんから。

ただ個人的には、復讐劇よりもほのぼのとした作品の方が好みなので、トレンドの中に平和的なジャンルが増えてくれたら嬉しいです。


では、ここから先はお礼になります。

本作をお手に取ってくださった読者の皆様、刊行にご尽力くださった関係者の皆様、誠にありがとうございます。

そして作品の雰囲気にぴったりの、優しくてほのぼのとしたイラストをお描きくださった赤井てら様にも、改めて感謝を申し上げます。

それでは、またどこかでお会いできたら幸いです。

万野《まんの》みずき

役立たずと呼ばれた陰の英雄ののんびり異世界旅
～素材集めと道具作りでスローライフを満喫していたら、
いつの間にか万能生産職になっていました～

2024年12月27日　初版第1刷発行

著　者　万野みずき

発行人　菊地修一

発行所　スターツ出版株式会社

〒104-0031　東京都中央区京橋1-3-1　八重洲口大栄ビル7F
TEL　03-6202-0386（出版マーケティンググループ）
TEL　050-5538-5679（書店様向けご注文専用ダイヤル）
URL　https://starts-pub.jp/

印刷所　大日本印刷株式会社

ISBN　978-4-8137-9400-4　C0093　Printed in Japan

[万野みずき先生へのファンレター宛先]
〒104-0031　東京都中央区京橋1-3-1　八重洲口大栄ビル7F
スターツ出版(株)　書籍編集部気付　万野みずき先生

話題作続々！異世界ファンタジーレーベル

―ともに新たな世界へ―

グラスト NOVELS

2025年7月
6巻発売決定!!!

毎月第4金曜日発売

解雇された
宮廷錬金術師は
辺境で大農園を作り上げる
5
錬金王
illust. ゆーにっと
～祖国を追い出されたけど、
最強領地で
スローライフを
謳歌する～
グラストNOVELS

新たな仲間を加えて、
大農園はますますパワーアップ!!

著・錬金王　　イラスト・ゆーにっと

定価:1540円（本体1400円+税10%）※予定価格

※発売日は予告なく変更となる場合がございます。